天神になった卑弥呼
邪馬台国の女王

篠﨑 紘一

郁朋社

天神になった卑弥呼《ヒミコ》　邪馬台国の女王／目次

装画／佐藤　和行
装丁／宮田　麻希

主な登場人物

ヒミコ（卑弥呼あるいは日巫女）　日輪の大神が憑く邪馬台国の女王。
シホヒコ（志穂彦）　邪馬台国の王。
タマフルメ（玉布留女）　ヒミコの養母。
ニシキオリメ（錦織女）　邪馬台国の王の妻。ヒミコの実母。
ナシメ（難升米）　王の弟。邪馬台国の将軍。
クヤ（久夜）　ヒミコの親友。
ウカタ（宇加多）　ヒミコの従兄。

天神になった卑弥呼《ヒミコ》　邪馬台国《やまたいこく》の女王

我が親しき友　市原裕さんに捧ぐ

第一章　神女《かむめ》の修行

いつものようにヒミコ（卑弥呼）は、一緒に暮らす養母のタマフルメ（玉布留女）から、

「ささ、黒の森に行く時ぞ」

と、追いたてられるようにして、外に飛びだす。

ヒミコは魔物の害を避ける赤い布を頭にまいて、勢いよく暗く深い森にかけこむと、なまぬるい湿気が肌にねばりつく。

黒の森は祖霊神がこもり、邪神《あしきかみ》がつどう森でもある。邪神のもとにさまざまな魔物があつまる凶日《きょうじつ》などに足を踏み入れたりすると、方角を失って道に迷い、いつまで経っても森から出ることができない。

森を駆けるヒミコの口から、ときおり、

「ギャッ、ギャッ」

という魔除《まよ》けの呪言がもれる。

いくつかの邪神がよりつく気配をかんじるのだ。

こうして、毎日、神女（シャーマン）になるために奥森にある滝に行き、つらい水行をしなければならない。

（一日くらい休みたい……）

そう思うけど、養母のタマフルメ（玉布留女）は、毎朝、追いたてるようにしてヒミコを黒の森におくりだす。

崇《たた》り神のよりつく魔《ま》ケ石《せき》があって、これを飛び越える。魔ケ石は先がまがった奇形の石で、注意しないと怪我《けが》をさせられる。

黒の森の奥に入ると、滝の入口のちかくに小高い丘がある。

柔らかい草が茂る丘の上にはすでに、三人の娘たちがヒミコの来るのを待っていた。ヒミコだけでなく、全員、素足である。

一人はヒミコの親友、クヤ（久夜）。クヤはそこいらの娘《め》のように、やたらあよあよと嘆いたりはしない強い女だ。

クヤの着ている貫頭衣《かんとうい》は、布のまんなかに大きな穴をあけ、頭をそこからすぽんとかぶる。胸には石玉の飾りを下げている。

残りの娘は邪馬台国の神殿につかえる白装束の祝女《はふりめ》たちだ。

彼女たちは神殿では蚕《かいこ》を飼い、絹の糸を紡ぐ仕事があり、新米が採れると口で噛んで発酵させる噛《か》み酒をつくったりする。

ここに毎朝やってくるのは、ヒミコの修行の手助けをし、見守る役目を負っているのだ。

修行がどんな状況か、その様子を神殿にいる祭司と邪馬台国《やまたいこく》の王《かみ》のシホヒコ（志穂彦）にいちいち報告をする。

「ああしやを（どうしたことか）！　ヒミコ。今朝はのんびりじゃのう」

と、祝女の一人がつよい口調でいう。

ヒミコは言葉を返さない。ただ、ふつうの人間の倍以上もある大きな目玉をギロンとさせるだけだ。稲妻を発するようなその両眼でじっと見られると、相手は金縛《かなしば》りにあったように立ちすくんでしまう。

ヒミコの内にいる本魂《もとたま》の威力は、眼に揺らぐ影となってあらわれる。ヒミコの場合、両眼の目じりのそばに斑点のような大きなホクロがあることが、いっそうの眼力を増す。

神女《かむめ》（シャーマン）でもあるタマフルメは、

「人間《ひと》は肉身《にくそみ》（肉体）と本魂から成り立ち、この二つが重なり合っている生き物ぞ。この世の姿は曖昧で、茫漠《ぼうばく》たる世界（仮想現実）であり、そのような絶えず揺れ動く仮の世をしっかと生き通すために本魂は肉身についておるのじゃ」

と説く。

本魂は霊魂・魂《たま》（バイオフォトン）とも呼び、その本質は（量子化された覚醒意識）のことでもある。それは量子ゆらぎを保持しながら永遠の生命を保ち、次元の異なる世界、常世《とこよ》（あの世）とこの世とを行ったり来たりする。

タマフルメは本魂について、こう言う。

「本魂が確かにあると分かるのは、かような場合じゃ……高い崖から足を踏み外して下に落ちて行く自分の肉身《にくそみ》を、上に浮かんだ自分（本魂）がその様《さま》をしっかと眺めていたり……あるいは、山で遭難して疲労困憊《ひろうこんぱい》し、もう倒れそうになってやっとのことで歩いていると、ひょっこり隣にもう一人の自分（本魂）が現れて、肉身のおのれと二人で話し合いながら歩いていたりする時ぞ」

ヒミコは本魂の実在をおのれの心の内に確かに見出すことができる。視ようと鮮明な意識を発動すると、茫漠《ぼうばく》としていたものが判然としてくるのだ。

さらに、ヒミコ自身が強く意識することがある。

それは肉身のヒミコの生き方の一つ一つを、この本魂がまるで一人の独立した人間のように、肉身の内からしっかと観察しているのではないか、ということである。

この本魂に常に視られているがゆえに、自分がこうして生きていられる気がするのだ。

そして、頭脳をもつ肉身のこの自分が、本魂の姿を反映する影に過ぎないのではないか、とすら時に思えてくる。

ヒミコの運命は、この本魂の思惑通りに動かされているのかも知れない。いや、もしかしたら、ヒミコと本魂の両者は運命を共にする存在であるのかも知れない。

クヤが祝女たちを睨《にら》みつけ、

「しえや！　汝《な》らは、いつもつぶつぶ繰り言（文句）ばかり言う。じゃがな、ヒミコも毎日、生きるか死ぬかの修行をして大変なのじゃぞ」

と、鋭声《とごえ》を出す。

その勢いに、祝女たちは、一瞬、たじろぐ。

（クヤはこうして、いつもわれを助《す》けてくれる）

クヤは幼いころからの朋友《ともがき》、親友なのだ。

「ああしやを（いいかげんにしろ）！　クヤ、汝《な》のつべらこべらぬかすことは、もう聞き飽きたわ」

と、祝女たちが笑いあう。

自然の神（精霊）が宿る太い椨《たぶ》の古木の立つこの丘には、ここからは前方に石剣の形をしたとんがり山が見える。この神木は、時折、ヒミコに密《ひそ》やかな声で激励の言葉をかけてくれることがあり、大好きな樹だった。

日輪《ひ》（太陽）は夜になると死んで、朝、よみがえると信じられている。もうじき、とんがり山の向こうから日輪が姿をあらわす。光り輝くその瞬間を、ヒミコやクヤ、祝女たちは息をのんで見守る。

娘たちは、いっせいに声を放つ。

「きらきらしき日輪《ひ》の大神《おおかむ》、日輪の大神。神遊びをごらんあれ」

そして、三度、日輪に向かって拝礼をすると、一同は地においた花の枝をもって立ち上がる。

花は稲の精霊のあつまり籠る山桜だ。その花をかかえてヒミコたちは、ゆららかに舞いおどる。

踊りはとびあがる動作が主なのに、舞はのろのろと歩きまわる感じである。

（日輪《ひ》の大神。どうか、われに神がつくように、お助けくだされ）

ヒミコはそうつぶやき、いくども祈りをささげる。

ヒミコは丘を下りて、暗い森のなかの滝に向かう。森は薄暗くオニグルミやミズナラの樹が季節の香りをはなっている。衣の裾は朝露でびっしょりと濡れ、チガヤの鋭い葉が足にからみついたりする。

高い飛沫をあげる水流が見えてきた。滝壺のまえは小石の原となり、高い崖のうえから山の霊気を秘めた水流が激しく落下している。

「水行《みずぎょう》は、本魂《もとたま》の発する心気をねもころに（しっかり）たくわえてからおこなうものじゃ。いかに憂しときも利心《とごころ》は残るもの、そのやすやすと分魂《わけたま》を飛ばしてはならぬぞ」

タマフルメからそう助言を受けている。

初めてこの滝に打たれた時のことは忘れられない。頭と肩のうえにのしかかってくる水流の圧力は、とても水のものとは思えず、まるで大きな土塊に押しつぶされそうで、息もできずあえいだ。

ようやく水行になれたのは、半年経ってからのことである。水行をやめたりすると、とたんに神の罰を受ける。

ある日、肉体に外部から何か得体の知れないモノが入りこみ、天井がくるくるとまわりだし、突如、深く濃い闇におちこんだようになり、体中に激痛が走った。

一度、その病にかかり祭司のもとに行き、癒しを受けたことがある。祭司は日知《ひし》りで太陽の運行を熟知し、これにもとづいて農作業や儀礼の日取りをきめる役目である。

祭司は祭壇に祀《まつ》ってある小さな神鏡を持ってきて、

「ヒミコ。この真澄《ますみ》の鏡を、さやに視よ！」

と、ぐいと眼のまえに突きつけた。

陽光を受けた神鏡は真光を発した。それは心の奥底まで照らす神聖で清冽な光だった。

かっと肉身《にくそみ》の芯がもえあがり、足元から浮き上がるようになり、あれほど激しかった痛みがあっさりと消えた。

「えぇしやこしや（なんということか）！　カゲ（霊）の病じゃ。朝の修行を怠った罪ぞ。人は外の形を見るが、神は内なるものを視る。こうやって、折節《おりふし》に神は汝《な》の気持ちを試し、心見《こころみ》をおこなうのじゃ」

そう告げる祭司の頬には、片笑みが浮かんでいた。

これに懲りたヒミコは、水行をやめることができなくなった。ずぶ濡れになって水行を終えたヒミコの大きな両眼は、底光りするように一段と輝きを増す。そんなヒミコの姿に、祝女たちはおののき畏敬の眼を向けたりする。

神女になる水行を始めてから、もう二年以上にもなる。神女になれば、くさぐさの超能力が持てるという。

思い通りに外界の事象《こと》を変えたり、飛行や水面を歩くことができる神足通《じんそくつう》。他人の心の中をすべて読み取ることができる他心通《たしんつう》。あるゆる民人の生まれ変わりを見ることができる天眼通《てんげんつう》などの超能力である。

タマフルメは、

「大神は、汝が神の娘となりその神威にかなうようになるのを、ひたぶるに待っておられる。汝の修行をしっかと視ておってくださる。なかなか神が憑《つ》かぬなぞと恨むまいぞ。清き明《あ》かき直《なお》き心を常に持っておれば、神は天から舞い降りてきてくださる」

と、言っていた。

邪馬台国《やまたいこく》は七万戸の家をもつ大国であるが、まだこの時代（弥生時代）には牛や馬を飼う習慣はない。

国の西を流れる河には荒ぶる神が住み、時折、人々を苦しめる。この国の神殿と宮殿は東の高台にある。それらの建物は高床式で板壁にかこまれ、民人らが住む家とは異なり、いくつもの室を有する大きな建物である。

国のさまざまな行事をとりおこなう祭司のいる神殿の屋根には、稲作の豊穣《ほうじょう》をねがって、水の神である蛇を模した円形の木棒がとりつけてある。

王《かみ》とその一族が住む宮殿のまわりには、逆茂木《さかもぎ》の柵とV字型の溝があり、銅の戈《か》（槍）や丸木弓をもった多数の兵士が警備にあたっている。

王のシホヒコが、ヒミコの実の父親であると言われている。でも、実の母親がだれであるかは、ヒミコも知らない。

この国の上層階級の者は五、六人、下層階級の者でもふつうは三、四人の妻を持っているのだが、妻同士は仲がよく争いごとは少ない。

民は毎日、素足で過ごし、身分の上下により、各々差別、序列がある。魔除けを兼ねて上半身に朱丹《しゅたん》を塗っている男が多く、庶民同士の挨拶は手を打って、時にひざまづいてみせる。

上の身分の人間に会うと、恭順の意を示すために道端の草むらに入り、願い事をするときなどは、うずくまりひざまずき両手を地につけたりしておこなう。

酒好きの者が多く、会合などには男女区別なく集まる。盗人もあまりおらず争いごとも少ない。

けれど、国の法によると、罪の軽い者はその妻子を国が奪い、重い罰を受ける者は、その家族、一族まで滅ぼされることになっている。

生まれてすぐに、ヒミコは神女になるために、養母のタマフルメのもとに預けられた。

タマフルメは奴国《なこく》の優れた神女だった。神女は神や精霊との交信で、託宣、予言、治療、祭儀などをおこなう特殊な宗教者と言える。

そのタマフルメはこの邪馬台国との戦に負けて、この国に連れて来られ、それまで神女がいなかった邪馬台国は、「天門《あまと》の神」の憑《つ》くこのタマフルメの力を借りて神女を育てることを考えたのである。

ヒミコは実の母ばかりか、父親のシホヒコにすらまだ会ったことはない。神女になるまで実の両親に会ったりすると、人間らしい気持ちになってしまう。

それは神女になることの妨げになってしまうので禁止されていた。

国に神威のある神女がいるといないとでは、戦に勝利することに大きな影響をあたえる。それほど神女というものは、国にとって大切な存在なのである。

神女が優れた神人であれば、風は和《な》ぎ雨も従い、稲が豊かに稔るもの。もし、神女が神威をうしなえば、国には疫病《えやみ》がはやり、女たちは夫に似た子を生まなくなり、国は戦に敗れ限りなく災いも増える、と誰もがそう考えている。

タマフルメも超能力者の神女になるために、子供のころからずいぶんと難儀なことを課せられたのである。

生まれるとすぐに右手首に芋貝の腕輪をはめられた。手首は極端に細くなり、もう貝輪をはずすことはできなくなる。

そればかりか毎晩、板で頭をはさみつけられ、頭蓋骨まで変形した。額がひろがって肩と眼がつりあがり、睨みつけているような顔つきになり、初めて会うほとんどの者が、この娘は何者なのか、という顔をする。

それもこれもすべて神女としての霊威を増し、高次の神に憑《つ》いてもらうためなのだ。

タマフルメは、さすがにヒミコに対しては、それほどひどい処置をすることはなかった。

そのかわり、幼い頃よりさまざまな修練、水、火、土、風などの厳行《げんぎょう》で鍛《きた》えた。

ヒミコが養母のタマフルメと住む地域には、ソデのついた衣を着ることが許される上流の身分の者と、貫頭衣しか許されない下流の者とが混在する。

ヒミコがタマフルメと暮らす家は、荒れ川にそった松林のなかにある。大地に屋根をかぶせたような伏屋である。そんな竪穴式住居は五戸～十戸を一群として、広場をまんなかにして成り立っている。

広場の中心には天の御柱がたてられている。

ハレの日には子供たちはここに集まり、赤米のおにぎりを食べる。それができるのは下戸《げこ》の身分の者くらいで、腰を縄ヒモでしばった下層の者は、いつもヒエかアワだ。

ヒミコが広場を抜けると、幼い子供たちが輪になって遊んでいた。神憑《つ》き遊びをやっている。

まだ名前をつけてもらえない年頃の子たちだ。幼い子はだれが見てもかわいい。死に神があっさりあの世に連れてさってしまうかも知れない。そこで、だいじょうぶ、育つ、と母親が確信を持てるまで、○○の家の女の子とか、○の家のところの男の子とかと呼ばれる。

チガヤを握る子を輪の中心において、みんなして歌いながらぐるぐるとまわっている。そうやって神のお告げをえようとするのだ。

おのりやれ　おのりやれ
天地《あめつち》が神
天にもゆらに　地にもゆらに
もゆらもゆらの天地が神

神がチガヤをもつ子に降りると、その子は全身をふるわせ、顔面はゆがみ口はよじれ、白目がむき出しになったりする。

すると、子供たちはいっせいに神に質問をあびせる。

「旅に出ているおらの父《とと》は元気でいるか？」

すると、神は、チガヤをもつ子の口を借りて答える。

「死んだ」

「おわッ。父は死んでしまったか……」

また別の男の子が神にたずねる。

「森で鹿を獲りたいが？」

「獲れぬ」

「ああしやを！　やはり、ムリか」

今度は女の子が神に問う。

「明日は赤い米を食べれるか？」

「食べれぬ」

ヒミコはうらやましいと思う。純粋な子供には、それが低級な神かも知れないが、すぐに憑《つ》いてくれる。

（それなのに、われは二年以上も苦しい水行をつづけているのに、いっこうに神は依り憑《つ》いてくれぬ）

確かに日輪の大神は偉大な力を持つ存在なのである。

日輪の大神は、大空、風、土、岩石、火、水、草木などの神々をすべて統《す》べる大神なのだ。

それゆえ、人間に簡単に依り憑くのは難しいのだろう。

そうは考えるものの、ヒミコにはやはりうらめしく思えるのだ。


家々の戸口のまえには細い竹竿が一つ立てられ、それには日輪の大神に捧げる季節の花が生けられている。家と家をむすぶ道は雨がふるとどろんこになる。

ヒミコは家の狭い戸口をくぐりぬけ、半地下のような家のなかに入る。屋根はワラやアシでふかれ、火や寒気を防ぐために泥が塗られているので、かなり暗い。

屋内の中心には炉がきってあり、火の神が鎮座する炉の火は年中絶やすことはない。この聖なる火を消すと、悪しき病に襲われることがあるからだ。

それと、何か日常の生活で困ったことが生じると、この火の神と相談することにしている。

左右には寝床、奥のほうには食料や水をいれた壺やカメがおいてある。

ススで真っ黒になっている天井は、貯蔵庫がわりだ。そこには野菜、薬草などがぶらさがり、天井が低いので背の高い男の人は、うっかり立ちあがると頭をぶつけたりする。

「ヒミコ、もどったか？」

左の寝床に横たわっているタマフルメが、のそりと起きながらぼそっと言う。

「本日の水行《こと》はいかがじゃった？」

「あい。いつもと変わりがなかったぞな」

「そうか。じゃがの、神はしっかと汝のそばで視ていてくださるはずぞ」

いましばしの辛抱《しんぼう》、というタマフルメの顔である。

物心ついたとき、ヒミコにタマフルメが養母であることを知らされた。だが、ヒミコにはタマフルメを実母としか思えない。

ヒミコを一人前の神女に育てるという任務を与えられたタマフルメは、これまでさまざまな修行を考えて、なんとしても神女にしようと努力してきたのだ。

タマフルメが、用意してある朝の食事を指さして、

「ヒミコ。朝餉《あさげ》を食《お》せ」

「母は食したか？」

「わしは食さずともよい」

タマフルメの声は、すっかり病人のそれである。何かのモノ病みに襲われているのだ。

ヒミコの朝餉は、菜と赤米に薬草を加えた特別なものである。ヒミコを神女にするために、タマフルメが格別に考案した献立なのだ。

普通の家々では、こんな贅沢《ぜいたく》な食事はしない。せいぜいドングリの粉をこねて焼いた餅か、ヒエやアワの雑炊で、それを手づかみで食するのが習慣だ。

タマフルメは長年の辛苦がたたって、ひどく体調を崩している。神女という特別な体質であることも影響しているのであろう。

「おの！　母、またあんばいが悪いのか？」

と、ヒミコの口調も心配そうなものになる。

タマフルメは太占《ふとまに》の占いをやることができる。

太占はカバノキの皮をもやし、鹿の肩甲骨を焼いて、その割れ目をみてあれこれを予想するのである。

まず細い一本の朱桜の棒をとり、先端を火のなかに入れオキをつくる。それを鹿の肩甲骨に押し当てると、骨のうえに、トという焼き穴の列ができる。それに神水をかけると、びっと骨にひび割れができ、その状態から神意を読み取るのだ。

神女の太占はよく当たるという評判で、ムラの者たちがひんぱんに、お礼の品をもってタマフルメに占いを頼みにくる。

たとえ、占いが当たらなくても仕方がない。占いが悪いのではない、そうならないのは人間の精進努力が足りぬからだ、ということになる。

しかし、タマフルメは自分の疾病《えやみ》については占うことはしない。

「ヒミコ。よう聞いてくれ。わしがおのれの肉身を捨て去り、本魂のみとなって生きるのも、そう遠くはないことぞ。その前になんとしても、汝《な》に日輪《ひ》の大神がついてもらわぬとな」

と、タマフルメは真剣な口調で、そう告げていた。

ヒミコは苦しそうにしているタマフルメを眺めながら、その言葉を思い出す。

「寝ておれ、われが手当てをしてやる」

ヒミコは養母のかたわらに寄って、その胸に両手を押し当てる。手当の治療である。

自分の心奥に貯蔵する強い生体電気を帯びる真気《しんき》（オーラ）を発するのを意識しながら、しばらくは息をゆっくり吐いて、じっと動かずにいる。人間の真気は本魂につく分魂《わけたま》の一つ、奇魂《くしのみたま》が極小の波動に収縮されたものである。

そうしていると、身のまわりを渦巻いているような熱い気を手の平にかんじる。タマフルメは眼を閉じ、ヒミコの癒《いや》しにまかせている。

タマフルメは、ヒミコにこうも言い聞かせていた。

「ヒミコ、案ずるな。わしの疾病《えやみ》のことなぞ、汝が案じてくれても、どうにもならぬわ。

人が疾病になったならば、疾病の神に身をゆだねるしかないのじゃ。さすれば、病人の残りの寿命を考えてくれて、天がきちんと決断をしてくれるものぞ」

「もっとも、人間にとっては生きることも死ぬことも同じようなもので、そう違いはない」

と、タマフルメは人間の生と死は別々のものではなく、その二つは常に共存の状態にあるのだ、と説く。いわば、木の枝先につく一枚の緑葉の裏表のようなものだと言う。

さらに、人間の肉体は極小の粒子から成り立っており、その肉身と誕生寸前に浸入する本魂とが重なり合って活動しているのが、生きているということであり、死とは肉身の細胞《たま》が崩壊（量子化）していく現象のことでもある、と言う。

そして、死後、人間は本魂のみとなってあの世の次元の異なる「霊域」へと上昇していく、と述べていた。

この時のタマフルメの真剣な眼差しを、ヒミコは忘れることができない。

手当てを終えて、ヒミコは薬草を煎じるために、奥のほうで壺をさがしながら思う。

（肉も魚も食べないので、肉身に養分が足りないのかも知れない）

神女は一部の植物類しか食べることができない。ヒミコも肉や魚を食べるとすぐに高熱を発し、血まで吐いて苦しむ。

でも、しかたがない、神女になることは自分の宿命《さだめ》なのだ。

年老いた神女であるタマフルメは戦争で邪馬台国《やまたいこく》に負けたりしなければ、こうした暮らしをさせられることもなかった。戦に負けるということは、その国の王と神女の霊力が落ちているせいだ。このふたりが全責任をとらなければならないのが、国の法律《さだめ》というものなのだ。

もし、神女の神力がかなりつよいものであれば、タマフルメはいまごろ、奴国の国民から戦の神とあがめられ、豪勢な生活をおくっていたに違いない。

ヒミコはこの養母に幼子のとき、一度、命を助けられたことがある。

生まれて半年も経たないうちに、ヒミコはタマフルメの家に移された。

「おわッ！　なんと、白子《しらこ》ではないか！」

ある日、赤子の顔を眺めたムラの長《おさ》が叫んだ。

肌が異常に白いのは神の罰を受けているからで、このような異人を成長させるとまわりの者に、どれだけ災《わざわ》いをふりまくか、知れない。

「白子とあらば危《あや》め（殺さ）ねばならぬ。白子だと分かったので宮殿から出されたのじゃろう」

いまにも腰から銅剣をぬかんばかりのムラの長を、タマフルメは慌てて押しとどめ、

「白子といえどもさまざまで、もそろもそろと神の息吹をかけられた子供もあると申すぞ」

その一言で、ムラの長は、しばし思案し、

「しかあれど、王の赤子でもあるし、一日一夜、森の奥にこの赤子を捨てて、神の心見《こころみ》を受けさせてみるとするか」

とつぶやいた。

森には大口の神（狼）など飢えた獣がうろついており、そこに一日一夜、赤子

が無事にいることは奇跡にちかい。でも、どれほどタマフルメが懇願しても、ムラの長は、それ以上の妥協をすることはなかった。

朝、タマフルメはヒミコを抱いて奥森に入り、胸を引き裂かれる思いで家にもどり、その夜は心配でまんじりともせずに過ごした。

そうして、夜が明けるやすぐさま駆けつけると、麻袋につつまれた赤子は、なみはずれて大きな眼をきらきらさせて、まだ言葉にならない声を発していた。

それを見て、タマフルメは叫んだ。

「見よ。けだし、この子は尋常な子ではないぞ。天地の神よりご意志をたまわっておる。かならずや神の御力《みちから》を授かって生まれてきたにちがいないわ」

ヒミコは成長してからも、よくタマフルメに、

「汝は、ただの子ではないぞ。神女としての本魂をもって生まれてきておるぞな」

と、よく言われた。

確かに、ヒミコは風変わりな子だった。人とまじわるのが好きでなく、神が依りつくという大石や井戸のそばで、一日中、ひとりで遊ぶことがあった。

薄い紅色の衣をひるがえす天女の姿を、その近くで見たりすることも多かった。

毎日のように朝もやの沸く、のどやかな日がつづく。うらうらと照る春陽が作り田の水をあたため、大地に熱を含ませてゆく。

ムラの子供たちが、ナワを巻きつけたチガヤの束をもって、どんどんと地べたを叩いてまわる。

「大地の神、めざめよ。めざめて穀物を育てよ！」

と、地霊の発動を促していた。

おちこちの山々から幾筋もの黒い煙が立ちのぼっている。人々が焼き畑の作業で山に入っているのだ。

桜も咲き始めた。サクラのサは穀物の霊を、クラはその座を意味する。

ヒミコは時に体調を考えて水行を遅らせることがある。そんな日の朝は、家のまえで日の出を拝む。

「人間が天から与えられている寿命は、木々のあいだをさっと走り抜ける黒い影のようなものじゃ。そこゆえ、こうして朝日を拝めただけでも生きたかいがあったというものじゃ」

と三十歳を過ぎた長老たちは言う。

ヒミコも毎日、それでも飽くことなく奥森の滝へ水行に通っている。

だが、心の中では、しだいに疑問が湧きあがってきていた。

「これほど命がけで毎日、身もつだつだになるほど修行をおこなっているのに、何ゆえに神は憑いてくれぬのか」

と、怒りにも似たくれくれした感情に胸がいっぱいになるのだ。

この自分は本当に神女になる資質がそなわっているのだろうか、という不安で時に押しつぶされそうにもなる。

その日、午後になってワラビを粉にして焼いた餅を食べていると、従兄のウカタとクヤが顔を出した。山のコバ（焼き畑）に行く約束なのだ。

ウカタに会うのだと思うと、ヒミコも乙女らしく装いには工夫を凝らす。

青い貫頭衣《かんとうい》を身につけ、頭に蔓草でこしらえたカツラをのせ、胸にはヒスイの勾玉《まがたま》をつらねた首飾りをたらし、額には赤い土を塗る。

ヒミコと親族のウカタがやってきた。ウカタは頬と腕に入れ墨を入れている。

クヤもそれが当然というように、くっついてきた。ヒミコの美しい首飾りをちらっと見て、眉をひそめる。

ウカタは男の子なので、髪を二つにわけ左右の耳のそばで丸める角髪《みずら》にし、横幅の広い布を頭に巻いている。

「母、ウカタらとコバ（焼き畑）に行ってくるぞ」

と、奥にいるタマフルメに声をかけ、家を出る。

あまりの外のあかるさに、一瞬、くらっとする。自分が思った以上に、早朝の水行は疲労を残しているようだ。

つらつらツバキの咲く山道をかなり歩く。目指すコバは南や東向けの斜面で、落葉樹の林のなかにあり、腐植土の多い土地である。林の伐採は前年の秋か冬におこない、春になってその開墾した土地に火入れをする。

ウカタはコバの一角に、持参してきた人の形をした土偶を埋める。土偶は半分壊れている。ここで育つソバやヒエは、この土偶がその病気のすべてを引き受けることになる。

こうして身代わりになる土偶を土中に秘すと、この世の完全なものは不完全になり、不完全なものは完全なものになるというのが、昔からの信仰だ。

ウカタが、

「山の神の火をつけるまえに畑のなかに小さな獣がひそんでいるかどうか、確かめようぞ」

とクヤに向かって言う。

「そうじゃの、先年にイタチの親子を焼き殺してしまって、あとで祟《たた》りがあったのでな。恐《おそ》しぞな」

クヤもヒミコに顔を向ける。

三人して、焼き払う畑のなかを見回り、ウカタは腰の袋から火打ち石をとりだす。

草も木も陽光にあぶられて乾燥しきっており、火をつけるとたちまち黒い煙をあげ、炎は焼き畑の全面にひろがってゆく。

コバを焼く聖なる煙には、山神の尊い息がかかっている。それがヒエやソバの種に命をあたえ、豊かな稔りをもたらす。

ウカタが、

「あれを見よ！」

とばかりに天空を指さす。

輝きに満ちた大空には、純白のオオワシが一羽、巨大な翼をひろげて悠然と舞っていた。

「あの天の神鳥は、いつもヒミコがいるところに現れる。ヒミコを護ってくれる神鳥ぞ。あのように神々しい姿の大鳥を見たのは、生まれて初めてじゃ」

ウカタが、ヒミコのほうをじっと見て言う。

「おの！　そうなのか？」

鳥は大地の磁気に反応して飛ぶというが、このオオワシはヒミコの肉身が放つ真気《しんき》に反応してやってくるのかも知れない。

（おの！　われにはあの大きな神鳥がついてくれておったのか。……ならば、やはり、われのことを神が視てくれているのか）

と、あらためて悟るのだ。

ヒミコはややのあいだ、オオワシが大きく輪を描いて舞う大空を眺めやる。

神の鳥らしく普通のオオワシとは異なり、光り輝く純白のワシである。

「われもあの神鳥と一緒に飛びまわってみたいものじゃ」

と、ヒミコはそう思う。

コバに火入れの作業を終えると、クヤがウカタの腕をとり、

「ウカタ。せっかくなので、森の獲物をとって帰ろうぞな」

甘えた調子になり、そう催促する。

「そうだな。木弓を持ってきているので、そうするか」

ウカタはこの国で、一番、二番を争う木の弓の名手なのである。弓は下が短く、

上の部分は長い戦闘用のものだ。

ウカタは獣道のような細い道を、先頭になって登ってゆく。

春の若緑の森には新鮮な陽光が地面にちらつき、芳しい匂いがあたりにただよう。驚いたことにこの山の自然の草木たちは、そのことごとくが皆、物を言うというのだ。

「人も草木も、すべて元はと言えば極小な粒子からできているので、みな同じ種の生き物なのだ」

と、タマフルメは考えている。

クヤがふいに、痛ッ、と悲鳴をあげる。

楤《たら》の木に触れたのだ。この木は性格に問題がある木で、風が吹く日などには特に機嫌が悪くなり、トゲで人間の肌を刺したり、枝の先で眼を突いたりする。

なびなびと広がるいちめんの笹原が、ゆるらかな傾斜を描いている。

ウカタが振り向いて、

「このあたりだと、カノコ（鹿）がいそうだな」

と言う。

人々は鹿を獲物として捕まえるが、この動物は神獣でもあるのだ。鹿の腹を裂いて、その血潮のなかに稲の種もみをまいたりすると、一夜のうちに苗になって育つ。

鹿がいるあたりだと、猛獣のオオカミもいるに違いない。オオカミのことを「大口の真神《まかみ》」といって危険視する人が多いが、山の民だけは親戚づきあいをやっている。この猛獣が出産したことを知ると、お祝いに塩と赤飯を持参してかけつけたりするという。

ふいに、キジの啼く声が聞こえた。

戦場で人を殺すときは、鉄の矢じりを用いるが、狩りのときには石の矢じりになる。

「鉄の矢尻には魔物が潜む。あの冷たく光る矢尻の鉄は人の身も心もはらら（ばらばら）にするのじゃ」

ウカタからそう聞かされていた。鉄の矢尻を使用するようになってから周辺国との争いが増え、途方もなく死人の数が出るようになったという。

キジが近くの草むらから飛び立ち、はるか向こうの丘の上まで飛んで行った。

「ありゃ、あんな所まで……」

と、クヤが嘆く。

「ウカタ、あのキジを射てみよ」

ヒミコが言うと、

「あそこは遠すぎる。あそこまで矢を飛ばすのは、とてもムリじゃ」

ウカタは諦めたような口調だ。

「だいじょうぶ。われが助《す》けるから……」

ウカタもクヤも、不審そうな眼を向ける。

それでも、ウカタはヒミコに言われて木弓をかまえる。

「われが、よしッ、と言うたら、矢を射よ」

と、ヒミコ。

ウカタが、遠くのキジを的《まと》に弓をひきしぼる。

それを見て、ヒミコが、

「しえやッ！」

と、叫ぶ。

ヒミコは腹中にためた真気を、飛んで行く矢に向かって勢いよく放つ……。

矢は途中で落ちそうになるが、またすぐに勢いをつけて飛んで行く。

そして、見事にキジに突き刺さった。ウカタの矢はキジの肉身の生命を射たのではない、まさに向こう側の闇の世界、キジの死を目がけて飛んだのである。矢は的に当たるまえから、既に当たっているのだ……。

「あなッ」

クヤが甲高い声をあげる。

「ヒミコ、汝は凄い！　まるで、神女のなせることじゃ」

ウカタは純白のイノシシでも見ているような眼になっている。

「ウカタ、さような顔でわれを視るな」

と、ヒミコは苦笑する。

「ふん。ヒミコの力ではないわ。ウカタの弓の腕が良いからじゃ」

ウカタの手がヒミコの肩のうえに置かれているのが気に食わないらしく、クヤは面白くなさそうな顔になっている。

「ささ、あの獲物をもって帰ろうぞな」

クヤがヒミコの眼のまえで、わざとらしくウカタの背にしがみつく。

クヤはウカタが好きなのだ。

いつだったか、クヤがウカタの歩くあとをつけて、何かを拾っている光景を見た。

ウカタが足で踏んだ小石をひろっていたのだ。人が踏んだ石には、その人間の分魂の一つが入り、玉石は魂石になるものと思われている。

だから、若い男女が恋しあうと、互いに踏んだ小石を相手の身代わりとして大切にする。

クヤがウカタに甘える姿を眼にしたヒミコの胸が妙に騒ぐ。

(われもウカタが好きかも……)

そう思ったが、すぐに、

（神女になるのに、こちごちの娘のように人間の男を好きになってはいけないのだ）

と、思いなおした。


夏が過ぎ去っていく。……日々、ヒミコは息が途切れ、ぶったおれてしまいそうな水行がつづく。

でも、神が依りつく気配はいっこうに感じられない。

（神はわれのそばで、しっかと視ていてくださるはずなのに……）

ヒミコのそんな疑問や不安も、しだいに諦めの心境へと変わっていくようだった。

そんなある日、近くに住むウカタがなにやら荷物を抱えて家にやってきた。

「伯母ぎみ」

と、ウカタはタマフルメに呼びかける。ウカタとは直接の血のつながりはないのだが、ウカタはいつもそう呼んでいる。

「これから、伯母ぎみの病の癒しをやってやろうぞ」

そう言って、荷物の中身を床にひろげる。

魚の頭が三つ、誰のものかわからない髪の毛がどっさり、トゲだらけのヒイラギの木の枝が一束。

これらを炉の火にくべて煙をわんさとだして、病人を癒すというのである。

（あに？　これで煙薬を出す？　まことにこれで効くのか？）

と、ヒミコは半分あきれてウカタに眼をやる。

とにかく、タマフルメが病になってから、

「病に効く薬だぞ」

と、言っては、あれこれと奇妙なモノを持ち込む。

先日も、

「朝一番に獲た鹿の血ぞ。これを皿に三杯飲めば、いっぺんで治るからな」

と、壺いっぱいの生臭い鹿の血を運んできたりした。

「ウカタ。この煙薬で、まことに母の病はよくなるのか？」

ヒミコは疑いの眼をウカタに向ける。

「ああ、これで病をなおした女はたくさんおるぞ。間違いなしじゃ！」

と、ウカタは自信満々で言い、

「伯母ぎみ、用意はよいか。ややのガマンぞ」

「おお、われはたいていの煙なぞ平気じゃ」

と、タマフルメが元気に答え、

「ま、ムダなことじゃと思うがの。じゃが、汝がやりたければやるがよかろう」

タマフルメの唇に微笑が浮かんでいる。

火をつけると、凄まじい悪臭と黄色の煙が家じゅうにもうもうとまきあがった。眼もあけられず息もすることもできなくて、ヒミコとウカタはたまらず家の外に飛び出した。

家のなかから、タマフルメがごほごほと苦しそうにむせんでいるのが聞こえる。

「おお、いま疾病の魔物が苦しんでおるぞ」

ウカタはそう言い、家のなかのタマフルメに向かって叫ぶ。

「伯母ぎみ、いまちとじゃ。もう少しで病魔が退散していくぞ」

家のなかからは、ただごぼごぼと、のたうちまわるタマフルメの物音が聞こえてくるだけだった。

そううち、タマフルメの、

「ああッ、あああッ」

という叫びが耳を打った。

「よし、よしッ。いま疾病が逃げだしているぞ」

ウカタが得意顔になる。

「ああ、もう心配いらぬぞ」

と、ウカタはえらえらと笑った。


月が変わり、満月を迎えるころになった。

その早朝、ヒミコはいつものように奥森に水行をしに出かけた。

「神というものはの、忍びに忍びに寄ってくるものじゃ。そうやって、汝に密やかに告げにくる」

と、タマフルメもヒミコが出掛けようとするとき、そんなことを言っていた。

でも、特別に期待していたわけではなかった。

それなのに、この日、異変が起きた。

滝水に打たれるまえから予感が高まっていた。

水音に耳を澄ませていると、身体中から真気があふれだしてくる心地になった。

どのくらい時間が経ったことだろう。ヒミコは自分自身が流れ落ちてくる滝水と同化している、と感じられた。

森の木の葉が一枚おちても分かるのではないかと思えるほど、あたりは深く重い静寂と神気につつまれていた。

小鳥の啼く声さえ聞こえてこない、それなのにすべての自然がゆっくりと大きく呼吸をし、その息づかいの微妙な波がうねっている。

ヒミコは眼を閉じて手をあわせ、その瞬間が訪れるのを待つ。

やがて、ヒミコの耳からすっと水音が消え、意識が途切れだし息苦しい気分になった。

と、神のチ（神霊）が寄ってきて、組み合わせる手が小刻みに震えだした。それはいくらとめようとしても、とめることができない。

ヒミコの長い髪にびりびりと雷が落ちたようになり、絶え間なく肩がふるえ息が荒くなってきた。

とたんに、身体の自由がきかなくなり、前につんのめって倒れてしまった。顔が水底の石にあたるまで沈みこみ、したたかに水を飲んでしまった。

ヒミコの水行を見守っていた祝女が、

「おわ!!」

「あな！」

「ヒミコ、ヒミコ！」

と、悲鳴をあげた。

ぴしゃぴしゃとほほを叩かれても、まだ手と脚が硬くなりぴんと張っていた。

「ヒミコ、いかがした？　顔色がまっしろじゃぞ」

風がやけに冷たく裸身を刺すほどだ。じんじんと耳が鳴りつづけ、心臓がやたら高くなみうっている。

石原に寝かされているうち少しずつ全身の筋肉がほぐれ、やっと声が出せるようになってきた。

「ヒミコ、今朝は祭司のもとに行って、いまのことを告げたほうがよいぞ」

と、祝女が忠告する。

「うん。そうする」

ヒミコは素直に従うことにする。

やがて神殿に向かって歩きだす。でも、ヒミコの胸にふつふつといつもの疑問が沸きだす。

「われはなぜかような厳しい神の試練を受けてまでして、神女になぞならねばならぬのか？」

この疑問は常に自分の息の霊《いち》を激しく揺すり、危険にさらすのだ。

「神女になれば、この邪馬台国を大国にできる」

「神女になれば、人の命を救うことができる」

それだけの理由で、なにゆえかほどまでに苛烈な神の試練を受けねばならぬ、というのだろうか。

そもそも、神女とは何であろうか。

「人が神になろうとしている人間なのか？」

「それとも、神が人間になろうとしている神なのか？」

ヒミコの頭の中を疑問がぐるぐるまわるばかりで、いつまで経っても自分を納得させてくれる答えが見つからないのだった。

祭司は神力を持っていないが、国のさまざまな行事をつかさどる年老いた女人である。

神殿の奥にはいると、その室の祭壇には上の枝に勾玉《まがたま》、中枝に鏡、下枝に白妙《しろたえ》の布がつるされていた。

祭司が着ているのは幾何学《きかがく》模様の衣だ。胸には深緑色のヒスイ、左右の腕にはゴホウラ貝の輪をはめ、髪には朱塗りの長い櫛《くし》をさしている。

「ヒミコか。毎日の水行、ご苦労じゃの」

と、祭司はにこやかにヒミコを迎える。

ヒミコが今朝起きた異変を告げると、急に顔色が変わり、

「おの！　ついに神が汝を視たのか！」

と、喜びの声をあげた。

「心緒《こころお》の用意をせねばならぬな。間違いなく神が憑《つ》く知らせじゃ」

「あい。さすれば、われの養母《はは》も喜びまする」

ヒミコにはタマフルメが満足そうに微笑む顔が浮かぶ。

「ふむ。ところで、ヒミコ。本日は宮殿に行き、汝が父、王《かみ》たちに会って行くが

よい」

ヒミコは緊張する。実の親と会うのは、成長してからは初めてなのだ。

どんな顔をして会ったらよいものか、と一瞬、とまどった。

「よいな、ヒミコ。行くぞ」

有無を言わさず、祭司はヒミコを神殿と隣り合っている高床式の建物の宮殿に連れていく。

宮殿には王《かみ》のシホヒコやその妻たちが住んでいる。ヒミコが顔を出すと、王のシホヒコの左隣に、国の軍を指揮する弟のナシメ（難升米）がいる。

王のシホヒコと権力を分かちあう人物だが、なにか忍びごとを秘めたような顔をしていた。

右隣にはヒミコをじっと見つめる王の第一の妻、ニシキオリメ（錦織女）がいた。

「おう、ヒミコか。ひさしぶりじゃ。もうじき汝に神が降りてくる、という話を祭司から聞いたぞ」

シホヒコが父親らしく優し気な声をかけてくる。細長い顔立ちで、眼と口のまわりに入れ墨をたくさん入れた鯨面《げいめん》である。

しかし、ヒミコには、眼のまえの王が自分の肉親であるという実感がない。だいいち、今までも父親としての愛情を感じたことなど一度もないのだ。

（まこと、このシホヒコがわれの父親なのか……）

と、そう思うだけで、あとは何らの感情もわいてはこなかった。

ヒミコは、もうシホヒコと眼を合わせようとする気も起きなかった。

「これ、ヒミコ。王のまえであるぞ、きちんと挨拶をなされ。礼儀知らずと思われるぞな」

王の妻、ニシキオリメがたしなめた。

ニシキオリメに視線を向けたヒミコの頭に、ふいにビリッとくるものが襲った。なんとも名状しがたいものが、きらきらと輝く白刃のように、鋭く脳裏を走ったのだ。

（どこかで、いちど会った気がする）

とっさにそう思った。

「まあ、良いではないか。かにもかくにもこのヒミコが神女になる日は近いと、聞いたぞ」

王の隣にいるナシメが、場をとりなすようにヒミコに笑顔を向ける。

「神女になるからには、なおさらのことじゃ。神女となれば、多くの民のまえに立たねばならぬ。いつまでも、野育ちの娘《め》のようであってはならぬ」

ニシキオリメがしつこく言う。

(うるさいことをいう女じゃ)

ヒミコはニシキオリメをにらみつける。でも、そんなヒミコの視線をはねかえし、ニシキオリメはさらに強い眼を向けてきた。

(嫌な女《め》じゃ！)

不満そうな顔で視線をそらすヒミコに、

「よいか、ヒミコ。われは、汝に偉大な大神が憑《つ》く神女になると思うからこそ、あれこれ申しておるのじゃぞ」

と、ニシキオリメは重い口調で述べた。

むらむらしてきた。この女から、このように言われる筋合いはない。なんの権利があって、そこまで言うのか。

ヒミコはその言葉に耳を貸そうとはせず、ぎろんと光る大きな眼で、ニシキオリメにいちべつをくれる。

「王の妻《め》。神女になるという娘は、ちとは普通と異なるものじゃ。われの知っている娘なぞは、神女になりたいと、毒蛇を頭に巻き付けて歩いたりして、まわりから狂人と想われたりしたものじゃ」

と、王と同様に鯨面のナシメが口をはさむ。

ニシキオリメは雰囲気を察し、何か言いたい言葉を飲み込む。

「そうじゃ。この娘はいま、神女になるために大いに難儀をしておる。温かく見守ってやろうではないか」

王のシホヒコがヒミコに穏やかな視線を向ける。

結局、ヒミコは、誰にも頭ひとつ下げることなく、この接見を終えた。

（たぶん、これでわれの評判も、ずいぶんとひどいものになることじゃろう）

ヒミコはそう思ったが、それで後悔する気持ちはまるで起きなかった。

（われを生《あ》れたときから、神女なんぞにしようと考え、他人の家にゴミでも捨てるように、ぽんと預けたりしおって。あやつらにはなんの恩義もないのじゃ）

家に戻り、タマフルメに宮殿で王らに会ったことを告げても、ヒミコの胸にはまだ怒りのような感情が渦巻いていた。

「そうか。王の妻、ニシキオリメに会ったのか……」

と、タマフルメは、ややのあいだ黙っていたが、やがて、意を決したように告げた。

「ヒミコ。汝には、もう秘密のことを話しても良かろう。……実は、汝を生んだ実の母は、そのニシキオリメなのじゃ」

いきなり頭に雷が落ちたようだった。

（ああしやを！　あの女が、われを生《あ》れた親！）

くらくらする頭の中で、

(あんな女が、われの母親だなんて!)

信じられなかった。信じたくなかった。

(われの母は、このタマフルメじゃ。それ以外、どんな女も考えたくもない)

ヒミコは呻くようにつぶやく。

「あのニシキオリメという女は大嫌いじゃ。われに生みの親なぞいらぬわ」

その様を見て、

「……なぜ、さようなことを申すか。汝とニシキオリメとは実の母子という因縁《いんねん》の間柄ぞ。その因縁たるや汝やニシキオリメもこの世に生《あ》れる前から、ずうっと遠長《とおなが》につづいていているものぞ」

「あのお方は汝を生んでくれて、息《い》の霊《ち》を与えてくれた大切な人なのじゃ。汝が一日も早く神女になることを願って、毎朝、みそぎをして日輪の大神を拝礼しておられる、というぞ」

と、タマフルメは、なだめるようにヒミコの肩に手を置いた。

ヒミコは自分を生んだ母が王の第一の妻、ニシキオリメであることを告げられたことを、おのれ一人だけの胸にとどめておくことはできなかった。

ウカタに会ったとき、そのことを興奮気味に伝えると、

「おわッ！　あの王の第一の妻、ニシキオリメが汝の生みの親だと！」

あんぐりと口を開けた。


ヒミコに神がつかない日々が過ぎ、新年が訪れ、そして、春が来た。

ムラの娘たちが、

「ああ、寒《さむ》らに！」

と嘆きながら、一夜、山に忌《いみ》こもり夜が明けると、髪に山ツツジの花をかざして降りて来る。

これから田植えの神事をおこなう。娘たちは田の神の妻となるのだ。額に白いハチマキをし腕には赤いヒレ（布）をまく。

田のアゼにたてられた木柱には、田の神の案内役となる木鳥がとまっている。

田植えは聖なる方位の東から日輪を背にしておこなわれなければならない。天に花咲け地に稔れ、と長老たちがはやしたてる。田の神と早乙女《さおとめ》たちの神婚が開始される。

ヤーハーレヤハレ
今日はこの植え田に神おろす
清めた植え田に神おろす
神のまえにそなえる苗よ
ハリャたてまつれ　ハリャたてまつれ

苗が田に植えられると、すぐに水口が切られて水がひきこまれる。山からの神聖な水が最初に入る田である。
あの世である常世《とこよ》から神山にやってきた稲の大神さまは、こうして田に入り秋の刈り入れの時までとどまってくださるのだ。

第二章　愛別離苦《あいべつりく》

養母のタマフルメの病が一段と悪化した。

「このところ急に塩梅《あんばい》が悪うなっての。いつもはコロクコロクと鳴くカラスが、このごろは怪しい叫びをあげるようになっての」

と、気味悪いことを漏らしたりする。

心配になったヒミコはウカタに相談した。

ウカタもその様子を聞いて、

「伯母ぎみの病については、これまで考えられる癒しは何もかもやってきた。じゃが、いずれも効かず、この有様じゃ。こうなったら、ヒミコ。汝が神女になり、その神威で治すしかもう手立てはあるまい。汝が神女になるのが早いか、それとも伯母ぎみの寿命がつきるのが早いか、もう、そういうことを考えねばならぬ時ぞ」

と、真面目な顔で言う。

ある日、ヒミコがとめるのを振り切って、タマフルメは、

「ちと、出掛けて来る」

と、かわたれ時（夕暮れ）に外に出たが、

「身体がひどくやわやわして、とても立ってはおられぬわ」

と、途中で引き返してきた。

まっさおな顔になっている。

麻衾《あさぶすま》の粗末な伏所《ふしど》に横たわるタマフルメの姿を見て、ヒミコは、一瞬、全身の血がとまったかと思った。

（これは一大事！　ややともすれば、きっとどこかで本魂につく分魂《わけたま》のいくつかを、おっことしてきたに違いない）

眼が落ちくぼみ頬の肉はそげ、腕の入れ墨も色あせて、すでに死相があらわれ

ているようだ。

容態が急変したのは明らかだった。

「タマフルメの母、母！」

そう呼んでいくら揺すっても、ひどくあえぐだけだ。

(これはどうしても、魂込《たまご》めの儀式をやらねばならぬ)

ヒミコが分魂を落としたらしい道を調べるため、外に出ようとするヒミコの手をつかまえ、タマフルメは苦しい息のなかで、

「……ヒミコ。よしか、わしがおのれの肉身《にくそみ》を捨て、本魂だけになって生きる、さように魂離《たまさか》る(死ぬ)時があっても嘆くまいぞ」

「……母の息《い》の霊《ち》がなくなることなぞ、われには堪えられぬわ」

「何を申すか。人間は生きているうちは欠けている月と同じ、不完全なもの。死してこそ満月、完全なものとなる。そこゆえ、わしが魂離ることは、むしろ喜びぞ」

「しかあれど、母はなにえゆえに、早く死なねばならぬのか。われはそれを考えると……」

「人間が長く生きたか、短く生きたかなぞには、何の意味もない。……喜びや苦しみ、悲しみの世を生き、それで本魂の霊格がさらに高まるならば良しとすることじゃ。……それができたならば、この世に生まれてきた甲斐《かい》があったというものぞ」

聞いているヒミコの眼から涙が流れ落ち、タマフルメの手を痛くなるほど強く握りしめていた。

「よしか、ヒミコ。わしはこの身を捨て去るだけのこと。わが本魂は仮の住処であったこの世を離れ、いよいよますます純な存在《もの》となり、宇宙《てん》の深奥にある無限の現実世界、本来の住処へと移り住むだけのことじゃ。何が変わるというものでもないわ」

「………」

ヒミコは勢いよく外に飛び出す。

人間が落とした分魂は、だいたい緑がかった丸い小石にくっついているものだ。ヒミコはそれらしい石を見つけようと、眼を凝らして道にころがっている小石を見る。

ようやく見つけて家に戻ると、ウカタが祈祷師を連れてきていた。

祈祷師は祭壇をつくり、そこに酒、米、塩をささげる。

「人の本魂には四つの分魂《わけたま》がついているものじゃが、今頃そのうちの一つがゆっくり墓場のほうに向かって歩いていることじゃろうぞ」

本魂が備える異なった霊能を持つ四つの分魂とは、和魂《にぎたま》、荒魂《あらみたま》、奇魂《くしのみたま》、幸魂《さきたま》のことである。

祈祷師はそう言って、タマフルメの胸にヒミコが拾ってきた小石を置く。

浅鉢に水をいれ、チガヤの葉をうかべ、長々と呪文をとなえ、ぶーん、ぶーんと木弓を引き鳴らす。

浅鉢のチガヤをタマフルメの口に含ませ、

「ささ、入れ、入れ。いつまで外に出ておる。汝のまことの住処にもどれ、早う鎮まれ、鎮まれ！」

と叫ぶ。

こうして、魂込めの儀式を終えた。

しかし、この儀式の効果もなく、タマフルメはその後一ケ月もしないうちに命終《みようじゆう》した。

家の屋根にのぼり、

「タマフルメの母の魂、母の魂！」

と叫び、母の本魂を懸命に呼び戻そうしたが、ダメだった。

完全にダメだとわかると、ヒミコの眼から大粒の涙がこぼれおち、大声を出して泣いた。泣けるだけ泣いた。

そして、暗い穴の底に落ちていくようになって意識が薄れた。


川原に喪屋《もや》のアラキが設けられた。その日は朝から夕さりまで雨が降った。

アラキは竹の垣根をめぐらし、稲束などで作る仮小屋である。

タマフルメの遺体は、頭を東へ向けて棺におさまり、モガリ（葬儀）の催しは、遺族が棺のまわりを左回りに三度まわってから始められる。夜くだち（夜更け）になって、まず喪主が最初に号泣する。クヤも葬儀に加わり、泣き女《め》を上手に演じてみせてくれた。

ごちそうが盛られた高坏《たかつき》から、客たちは手を用いて食べ、酒を浴びるほど飲んで、太鼓を叩き土笛を吹いて、にぎやかに歌い舞い踊る。

むろん、これにも特別な意味がある。この世はこんなにも楽しくて素晴らしい、タマフルメの本魂よ、どうか、この世にもどりたまえ、と誘っているのだ。

この頃のタマフルメの本魂は、この世とあの世のあいだにおり、どちらに行ったらよいものか、と迷っているはずなのである。

遺族はただ嘆き悲しみ、客たちはうるさく騒ぎ立てる。そうやって、モガリは夜に九夜、日に十日つづく。

こうして、モガリが終わり、遺体は墓に埋葬された。

雁の頭をかたどったキサリという呪具を持ち、死者を悼《いた》んで前かがみになって歩く男たちが、棺を墓まで運んでくれた。

墓にはタマフルメの生前の姿を写す、よみがえりの鏡を入れた。冬至の日の入りの方角へ頭を向け、屍には悪霊、邪気をはらう赤い辰砂《しんしゃ》がふりかけられた。さらに、神女だけの例外として、赤米と塩を、

「黒い魔物になるな！」

と、叫んで投げつけられた。

それから、棺の継ぎ目は粘土で密閉された。

穢《けが》れの日々が過ぎると、遺族はみんなして水中に入り、身削《みそ》ぎをする。禊《みそぎ》をする川は白い玉石の沈む清流であり、皮膚を突き刺すほどに冷たい。だんぶと水中に肩まで肉身を入れ、それを三度くりかえす。

すべてが済んで、ウカタが言った。

「人間は死ぬと、後の世にまた生まれ変わり死に変わるというが、本魂は常に新たな水が流れゆく河のように、永遠に生きのびるそうじゃ」

ヒミコはタマフルメから、

「……人間の肉身が滅ぶと、極小の魂（生体量子）となって宇宙《おおぞら》の『空《くう》』へと上昇していき、やがては本魂の生成消滅を繰り返す異次元の霊域へと収縮されてゆくものじゃ」

と聞かされていた。

ヒミコは悲しみがまた込み上げてきて、ウカタの胸に顔をうずめた。そうやると、なにか肩から重いものが落ちていく感じがした。

母の本魂は宇宙の深奥、異次元にあるという天国の常世《とこよ》・あの世にまでいっただろうか。その世界ではあらゆる者が若返り、美味な果実が稔るという、時空のない世で、自分がそれを望めば、なんでもすぐに手に入れることができるらしい。

（この世では苦労ばかりしてきたタマフルメの母が、けだし、あの楽園の住民となって、幸ある暮らしをしてもらいたいものじゃ）

そう思い、ヒミコはこれまでのタマフルメとの長い暮らしのことを回想するのだった。

タマフルメの墓参りが、ヒミコの日課になった。毎朝、水行に行った時刻に墓までの道を歩いた。

その日、墓の近くまで来て、誰か、倭錦の衣をまとった女人が、墓前にうずくまっているのを見つけた。

「おわッ！」

ヒミコは思わず叫びそうになり、あわてて両手で顔をおおう。

ひどくかん高い白声《しらごえ》を出したりすると、口や鼻から分魂がひょいと飛び出してしまうことがよくあるからだ。

王の第一妻のニシキオリメだった。墓前に花を供えて、じっと頭を垂れている。肩をふるわせて泣いているようだった。

ヒミコが近づくと、ニシキオリメも気づいて立ちあがった。

「ヒミコか。汝が来るのを待っておったぞな」

ニシキオリメが語りかけてきた。

「神女になる修行を休んでおるそうな」

（またその話か……）

　ヒミコは眉をしかめる。

「ああ、われは神女になぞならぬわ」

　ニシキオリメの視線を跳ね除けるようにして答える。

「何を申すか。それではタマフルメが、これまで汝を神女にしようと、懸命に育ててくれたことが無になるではないか」

　ニシキオリメの口調は厳しい。

「それではタマフルメの本魂が浮かばれまいぞな」

「……」

　ヒミコは思う。

（この女は、われを生んだ実の母であるがゆえに、こんなことを申すのか。それとも、この国にとって、どうしても、神女が必要であるから申すのか）

　ややの後、ニシキオリメは大きくため息をついた。

「それにしても、あのタマフルメほど立派な神女はおらぬ。奴国が滅ぼされ、この国に捕虜となって連れて来られたのに、おのれの不幸を恨みもせず、しかも、他人の子を神女にせよ、と命じられても逆らうことなく、それこそ、必死になって汝を神女にしようと努力してくれた」

「われにはとてもできぬこと……どれほど、このわれが感謝していたことか」

そして、思いつめた口調で、こうつぶやいた。

「どうしても、汝に神女になってもらわねばならぬがゆえ、生まれたばかりの可愛い我が子を他人に預けねばならなかった。わしも毎日〱案じられての、これまでの日々はとても辛いものじゃった。汝のことを一日だって思わぬ日はなかったぞな」

ニシキオリメの眼には涙があふれていた。

その言葉に、ヒミコは思わず墓に供えられた花に眼をやった。今まで見たこともない、大きな白い花だった。

その大輪の花は、タマフルメのこれまでの苦難の生涯を想わせた。涙が滲んだヒミコの眼にも、その花はあまりにもまぶしかった。

水行をやめているヒミコに、どういうわけか神罰はあたらず、それをよいことに、毎日、気が抜けたようになって、ぼうっとしたまま夏を迎えた。

稲虫送りの行事が迫っていた。

この季節になると、稲の葉を食い荒らす害虫が雲のように湧きあがり、作り田のあちこちを動きまわる。

その害虫を退治し、ムラから邪霊をおいはらう夏の行事だった。

稲虫送りはタイマツに火をともし、それを持ったムラ人たち全員が列をなして進む。タイマツは棒に稲ワラを巻きつけ、それを縄でぐるぐる巻きにする。

夕陰に咲く月草（露草）の青い色もあせ、水田地帯の稲の緑が夕闇のなかに次第に溶け込んでいくころ、ムラ人たちが暗くなりかけた野の道を歩きだす。

道の途中でイノシシの頭をのせた竹の柱をみかける。稲の十分な稔りを祈願して田の神に捧げられたナツキと呼ぶものである。

原始林をかかえた西の奥山の頂は、燃え上がる炎に似た色に染められている。

あの集落、この集落から、幾筋ものタイマツの長い列が夜の闇に浮かぶ。大川の土手をめざしているのだ。

ヒミコもウカタやクヤと一緒に、タイマツの火を運ぶ。

稲虫送れ　バタラ　バタラ
稲虫送れ　バタラ　バタラ

太鼓や土笛の音が響きわたり、子供たちが叫びあげ、ほとんど夏祭りに似ていた。

前を歩くクヤが、ヒミコに声をかけてきた。

「ヒミコ。また、そろそろ水行をやらねばならぬの？」

ヒミコは唇をゆがめる。

「われにはそんな気が……」

それを聞いて、クヤはくすりと笑う。

「まあ、今のヒミコに、そんなことを言うても、無理じゃろがな」

するると、ウカタが口を出し、

「何を言うか！　ヒミコが神女にならずして、いったい何になるというのか。今までやってきた水行がまったくムダになってしまうではないか」

すると、クヤがむきになって言う。

「しかあれど、いくらまわりがヒミコに神女になれ、神女になれ、と言うても、本人にその気がないならばどうにもならんじゃろうが」

ヒミコの顔をじっと見て、ウカタが、

「ヒミコが神女にならぬなんて気はないはずぞ。もし、そうならば、タマフルメの伯母ぎみの本魂のまえで、なんと告げるつもりか」

ほとんど叱咤するような調子で大声を出した。

ヒミコは胸が迫り、もう何も言えなくなった。

闇のなかにゆらめくタイマツの炎は、まるで亡くなったタマフルメの本魂が、ヒミコに向かって何か呼びかけているふうに想われた。

ややあって、大川の土手に大きな火柱が立ち始めた。たどり着いた者がタイマツの火を投げ込んでいるのだ。

真夏の夜の底でタイマツの火は相よる多くの魂のごとく、列を変えて進んでゆき、やがて、先頭のほうで火柱になっていた。

つぎつぎとタイマツの火が投げ込まれ、飛び散る火の粉は赤いホタルとなって、無数の害虫を呼び寄せる。

太鼓と土笛の音が激しく鳴らされる。虫送りの行事も終わりを迎えていた。

ヒミコは養母のタマフルメの本魂が、すぐそばまで寄って来ているのを直感する。

本魂は次元を超えて波動や粒子となって、あらゆる障壁をすり抜け、この現実の世にやってくるのだ。

(ヒミコ、聞くがよい)

そう耳元で囁く声が、タマフルメのものである、と思われた。

(汝の内にいる貴く大切な本魂が、こう申しておるぞ。もし、汝が神女になるのを断念したら、汝の肉身から消えることにする、となー。さようなことにでもなったら、汝はなんとするつもりぞ。いかなる生きものになるや？）

その声はタマフルメの生前の声、そのものだった。

タマフルメの本魂もヒミコの本魂も、それぞれ異なる次元に属しているが、たとえどれほど距離が離れていようとも、二つの本魂はまるで細い透明な糸で結ばれているように、瞬時に、光の速さを超えてその本音を伝えあう関係にあるようだ。

つまり、本魂同士の相互作用によって、決められた現象が生じるのである。

とっさに、ヒミコは考える。

（本魂の消えた生身ともなれば、それはもはや人間とは呼べない。野山に蠢《うごめ》く獣と変わりがない）

ヒミコは恐怖に駆られ、総毛だった。

（そんな生きものになってまで、われは息の霊《いち》を保つことなぞできぬ……）

ヒミコの眼前には、真夏の濃い深い闇がひろがっているだけだった……。

ムラは秋を迎えようとしている。

この季節は稲を稔らせる稲魂《いなたま》さまが里で活発に活動される時期なので、ムラ人には様々な禁忌《きんき》事項が課される。

稲魂さまはものすごく敏感な性格の持ち主なので、まず夫婦の交接《まぐわい》が禁じられ、作り田のまわりで大声を出したり、駆けまわったりすることも禁忌となる。

ウカタとクヤの妻問《つまとい》（結婚）も、この季節を選んでおこなわれることになった。

ウカタとクヤの妻問の知らせを聞くと、ヒミコは複雑な気持ちになった。自分が神女などになろうとしなければ、ウカタの第二、第三の妻になることだってできたのだ。

だが、神女になるには神聖な処女でなくてはならない。荒ぶる特性を持つ男は不浄であり、その種を肉身に受け入れることで、処女の肉身は穢され変質してしまうのだ。

若者宿の友人たちによって、クヤの実家の隣に夫婦の住む妻屋《つまや》が建てられた。

夫のウカタは毎夜になるとこの家に通ってこなければならない。通い婚なのである。

家のうちには入り切れないほどの人数が集い、酒がふるまわれ、祝いのごちそうが高坏《たかつき》に盛られて出された。

クヤは花嫁姿の深色衣《ふかいろころも》を身につけ、結い上げた髪に野の花をかざし、頬をまっかに染めていた。

耳たぶからは赤い石玉をさげ、腕には貝輪をはめている。腕輪は魂が抜けるのを防ぐためである。

この季節には人間の精気が衰え、普段は内部に鎮座している本魂がタマシイとなって、あくがれ浮かれだすときなのだ。

胸にはヒスイによく似た蛇文岩の勾玉《まがたま》を加えた飾りをつけている。

ヒミコにはクヤのその姿がまぶしく見える。隣に座るウカタも上気して、眼をぱちぱちさせていた。

「クヤは幸せ者ぞ。めでたいことぞ。念願のウカタの嫁になれたのじゃから」

「そうじゃ。めでたいことぞ。クヤのことじゃから、急にたよたよとした女らしくはなれぬと思うが、今夜ばかりはものまめやかな清《すが》し女に見えるわ」

　客人たちのあいだからそんな声が聞こえる。

　ヒミコは切なく悔しい思いで胸がいっぱいになり、涙がこぼれ落ちるのを、どうしても抑え切れないのだった。

　そのヒミコの耳に、また別の客人の声がとどく。

「じゃがの、クヤはこの夜から神の試練を受けねばならぬぞな。クヤは白ばけるのが上手じゃが、今度ばかりは神はその手にはのらぬぞ」

　ムラの処女は、すべて神の妻であると考えられている。人間同士の婚姻は神がおのれの妻を人間に下げ渡す、ということになるのだ。

　昼間は農作業や水汲みをやっていても、夜になると夫になる男を避けて、森や山に逃げていかなければならない。

　夫は友人たちと、どこかに隠れている花嫁を見つけ出そうとして、毎晩、懸命に探しまわる。

簡単に花嫁が見つかってしまえば、神はそれをおのれへの侮辱と受けとる。花嫁は一日でも長く隠れて、そうやすやすと人の妻にはならない、という強い意志を見せなければならない。

そうやって、ついに見つけ出されたとき、花嫁は泣き叫んで嫌がるそぶりをみせ、夫のほうはそれにかまわず、髪をつかんで荒々しく引き立てる。

それで初めて夫婦は床入りとなり、正式に夫婦生活ができるようになるのだ。

晩秋になった。

ヒミコは一大決心をし、祭司のもとに出かけた。

祭司は祝女に土笛を吹かせ、小銅鐸を揺り鳴らし神に舞を捧げていた。

祭壇に柏葉の受け皿を用いて、ヒラデヤヒラ（葉盤八枚）に季節の花を祀《まつ》ってある。

祭司は鮮やかに朱色の美しいクシを、長い髪に刺している。そのクシの上部には勾玉の飾り、下のほうには五本の長歯がついている。

ヒミコは祭司の舞が小休止になるのを待って言った。

「祭司、本日はお願いがあって参りました」

「あに？」

と、祭司はけげんな顔である。

「われに本神憑《もとかみつ》きのコトをやってくだされ」

ヒミコは頭を下げる。

「う〜む」

と、祭司はややのあいだ、考えこんでいた。

「そうか。汝はその覚悟で参ったのか？」

「あいッ」

やがて、祭司は、

「……うむ、さようか。……それしかあるまいかの」

と、ぽつんと言った。

「あいッ」

祭司もニシキオリメと、ヒミコの今後の修行のことで相談しあっていたようだ。

ヒミコの水行の状況から神女になるためには、

「これは最終的な段階に進むしかあるまい」

という考えに辿りついていたのだ。

「本神憑きのコトとなると、汝はおのれの命を失うことを覚悟せねばならぬが、それでもやるか」

「あい。やりたいと思いまする」

「汝の魂の全部をとられてしまうかも知れないのだぞ」

「承知です」

「そうか、気持ちは変わらぬな。よし、やるがよい、やってみせようぞ！」

祭司も興奮した口調になった。

本神憑きのコトは、実質的な入巫《にゆうふ》儀礼（イニシエーション）である。

水行に加えて火行を神が憑くまで、ほとんど死の寸前まで行う過酷な儀礼なのだ。

　この火行は日輪の大神と対峙する行である。すなわち火行であらわれる火炎は、そのまま日輪の姿を示す。

　コトを始めるにあたって、ニシキオリメからは、

「どうか、タマフルメの本魂に、汝が神女になった姿を見せてやってもらいたい」

という激励の伝言が届いた。

　まず第一回目の火行は、その日の正午を待って開始されることになった。場所は神が天降《あも》りするという神名火山《かみなびやま》に定められた。

　神名火山は偉大な神が天下る円錐形の小山で、大蛇がとぐろを巻いている姿にも似ている。山自体がご神体なのである。

　そこには種々の自然神が宿るという巨大な岩や樹木があり、この国の神殿や宮殿は神名火山の真南に位置する。この神山の庇護を受けるために、そんな位置に建てられている。

　この神山のもつ神力は非常に強大で、神にかかわらぬ常人が侵入するとそのマ

ギレ（霊力）に負け、身体が締めつけられて涙がとまらなくなり、高熱を発し胸の肌に紫色の斑点が出たりする。

人間を寄せつけないようにしているのは、神の降り立つ巨木と巨岩が発動する拒絶の意志の表れである。ヒミコもこの巨木や巨岩には常日頃から敬愛の念を抱いており、神山に登るとまず彼らに拝礼するのが習わしになっている。

この神山の土をとり、そこに生魂《なまたま》を閉じ込めたりすると死んでしまう場合がある。

ヒミコは「忌みこもり」の日々に入った。

人との交わりを禁じられ、まず食事の火絶ち、つぎに塩断ち、最後は穀断ちをおこなった。

その早朝には、白玉の沈める清流でみそぎをおこない、肉身を清めた。

神山の一角に純白の木綱をはり、神を招く庭となる沙庭《さにわ》をこしらえた。そこに桑の葉、塩、赤米を散らし、神酒をまいた。ススキの穂を刺して地にたて、結界をこしらえた。

神に清き明かき直き心をしめすため、ヒミコは白衣を素裸にまとう。

聖水で清められた髪には、鳥の羽、花冠をつけ、腕と足首には玉飾りをまいた。

「あな！　神が喜ばれるぞな。汝が姿を見ると、(天《あま》の探《さぐ》り女《め》)のようじゃ」

祭司が高い声を出した。

これから水行と火行をくりかえす命懸けの儀式を始めなければならない。

「よしか、ヒミコ。強い神女であればあるほど偉大な神がつく。汝はこの儀式に最後の最後までしっかと耐え、けっしてやすやすと本魂に逃げられてはならぬぞ」

「あいッ」

ヒミコはこくんとうなずき、気持ちを引き締める。

立ち合うのは祭司。ニシキオリメや多くの祝女が見守った。

ニシキオリメは落ち着かない様子で、ヒミコにじっと視線をそそいでいる。

「こんな危険な行をやらせるのではなかった」

と、ひどく後悔しているようだった。

見守る祝女たちも緊張した面持ちだ。

しかし、ヒミコは、

(もう失うものは、何もない。命を取られようとも、かまわない)

と、肝を据えている。

沙庭《さにわ》にヒミコは座し、手をあわせて祈りを捧げる。

眼のまえにタブの木がつみあげられ、祭司が神鏡をとりだし、それに陽光を受けてマキのあいだに一筋の光線を放射する。

一条の白い煙がたちあがり、やがて、マキからちらちらと赤いものが見え出した。それはすぐに太い火炎となり、パチパチとマキ木が燃え弾ける音も加わってきた。

炎をまえにするヒミコは、大神と対峙する作法、両腕を背にまわし手を組む。

日輪はすなわち火の神そのものである。

「上《かみ》が火《ほ》!」

祭司のびしりとした声がひびく。

小さな音をあげ、火が勢いを増してきた。熱気が肌をせめ、皮膚がすりむけるような痛みを覚える。

(この聖なる炎に対するには、けっして動じることのない強い心緒《こころお》が必要なはず!)

そのような不動心が、今のわれにはあるだろうか、とヒミコは火流を直視しながら思う。

神を招き寄せようとする祝女たちの鳴らす小銅鐸と土笛の音が、ヒミコの耳を打つ。

祭司は銅剣をもち呪文をとなえながら、沙庭のなかをぐるぐるまわっている。

火柱の中心から白い炎がたばしり出る。

ヒミコの顔面にはだらだらと流れる汗がひかり、思考力を奪いとり、ただぼうっとなって眼前のものすごい炎に釘付けになっている。

「中《な》が火!」

と、胸を突き刺すような祭司の鋭い声。

火炎がシューッ、シューッと唸りを生じ、猛烈な熱波がおそってきた。呼吸が苦しくなり、真気が抜けそうになってきた。どおっと鳴る火柱のなかに吸い込まれそうで、はあはあと喘《あえ》いだ。

「ああしやを（なにくそ）！」

眼の奥までひどく痛み、こめかみまでずきずきしてきた。呼吸ができなくなり、喘ぎ喘ぎ火流を直視する。

マキ木の大部分に炎がゆきわたり、火は火を呼び、今や凄まじい火勢となって大気を焼いていた。

（……タマフルメの母、母の本魂。われを助《す》けてくだされ）

無意識に祈っていた。

「今中《いまな》が火！　ヒミコ、神寄せの呪文じゃ！」

と、祭司が叫ぶように言う。

ヒミコは懸命にかすり声で呪文を唱える。

しえや！
天にもゆらに
地にもゆらに
もゆらもゆらの天地が神
降りたまえ
われに降りたまえ
人をつくり　獣をつくり　草木をつくり
天を震わせ　地を震わせ
千年を照らし　万年を照らし
サリー　お願い申しまする
日輪の大神
我が身に依り憑きたまえ

まわりの祝女たちも一斉にヒミコにあわせて、同じ呪文を唱える。

噴きあがる炎はまるで咆哮する野獣か、あるいは襲いかかる死霊の群れに見えた。

靄《もや》がかかったような頭で呪文を唱えつづけていると、まわりからの音がすうっと消えていった。

驚くほどの静寂のなかに、ヒミコの上半身だけが激しく揺れている……。

全身から汗を水のように噴きだし、苦しさに耐え切れずのけぞったとき、もうろうとした意識の底で炎の異変を感じた。

「下《しも》が火！」

あたりの空気を吸いつくしたように、マキ木の炎の火勢が、急速に衰えていく。

正気がもどると、よくぞガマンしたものだ、という祝女たちの顔が見えた。

祭司も呪文をやめ、穏やかな笑みを浮かべている。

「つぎは水《み》の行ぞ。森の滝がすぐそこじゃ、立ちあがれ、おのれの足で立ち行かねばならぬぞ」

祭司が手をふって催促する。

猛火にあおられて衰弱した生身からは絶えず呻き声がもれた。よろめきつつ歩くヒミコを見て、祝女が手を貸そうとする。

「まだ、助けはいらぬ！」

と、祭司が制止する。

滝壺はせまく、はねあがる飛沫が白い水煙をあげている。

でも、水に打たれたとたん、ヒミコはいっぺんに生き返った気分になった。

と、全身がある種の神秘的な光につつまれ、森の木や岩や大地から大空めがけて立ち上る無数の祈りに似た声を耳にした。

「ああッ！」

ヒミコは獣じみた唸り声を放った。

足元から突如、ひかり輝く強靭な意志をもった何かが立ちあがってきて、ヒミコの肉身の芯をつきぬけ、頭のてっぺんまで突きつらぬいて去った。

刹那《せつな》、ヒミコは神の荘厳なまなざしに抱かれている心境になった。

滝壺の水底が異様に白く輝いて、そこからまばゆいばかりの光球が、ぐるぐるまわりながら浮かびあがってきた。

同時に、天上より種々の色合いをおびた光球がさあっと直下に降りてきて、神秘の二つの球体はヒミコの眼のまえで合体して飛び弾け、とたんに眼もくらむ光線がそこから八方へ飛び散った。

「ああしやを!!」

純粋な歓喜にヒミコはとらわれ、総身を猛烈にふるわせ、血がほとばしるような、おらび声をあげた。

(大神が降りてくる！　このわれの肉身を神が尊い色で染めてくださる！)

二度目の火行に対した。

タブのまき木の炎はすぐに渦をまき、があーッという轟音を発し、さながら生き物のごとくうねりつづける。

水行で濡れた衣から、みるみるうちに水気がぬけて、やがて、濁流のような火勢のまんなかより白い炎が立ちあらわれてきた。

熱風が沸き起こり、じりじりと肌を焼かれて痛みが走る。

荒れ狂う火勢に対し、ヒミコはガマンし耐えに耐え抜いた。

額から汗をだらだらたらし、正面をにらみつけるヒミコの表情は、ほとんど狂人そのものであり、祝女たちは一様に視線をそらした。

ヒミコは全身が炎の塊となって、やがて、燃え尽き深遠な大気のなかに溶け込んでいくようだった。

水行に行くときは、祝女たちの肩を借りなければならなかった。内に蓄えた真気のことごとくをすべて吐き出してしまったようだ。

瀧水に打たれても、もう生き返った気持ちを味わうこともできなかった。

水行で与えられる霊的な熱を起こしたり、日輪を内部に視覚化して肉体を温めたりすることもできなかった。

三度目の火行に対しては、もう無意識にそれに従った。気力も意志もすっかり無くなっていた。

そして、猛火にあおられて吐く息まで炎と化してしまうようになると、今度は、意識のひどい錯乱に襲われた。

息苦しさにうめくたびに意識が途切れ、瞳孔がせばまり、緑がかった縞模様の視界が気味悪く迫ってきた。

（ああ、肉身が溶ける！　溶けてしまう！）

幻覚と幻聴でこの世とあの世のあいだをさまようふうであり、幾度か失神しそうになった。

大小さまざまな神が、ヒミコに依りつきだしたのだ。

それでも、ヒミコはこの火行にもなんとか耐えて、乗り切ることができた。

滝への水行は、祝女たちの手を借りなければ行きつけず、水の下に入るともうとても立ってはおれず、しゃがみこんで、頭にどうどうと打ちつける水音だけを聞いた。

それから、四度目の火行を迎えた。

すぐに幻影に襲われた。

いや、幻影なんてものではない。それはまさに現実であり、実際の恐怖と肉体の痛みも伴っていたのである。

光り放つ何体かの精霊によって、意識だけが頼りなく浮遊する特別な空間に連れて行かれたのだ。

まず手と脚をとられ、耳と鼻をどさっと切られ、眼球はえぐりだされた。

肉は骨よりそぎ落とされ、叫び声をあげて苦しむヒミコをもてあそぶがごとく、見えざる手が機械的に動いて、手際よく全身が解体されてしまった。

しばらくして、今度は分散した身体の各部位を、透明なヒモでつなぎあわされた。

肉体の組み立てがおわり、新たな血液が注入され、ようやく意識が回復した。

とたんに、神経の抹消まで絶え間なく振動し、通常のヒミコではない神さぶる特別な自分を意識した。

（まだまだじゃ！　これしきのことでなんじゃ！）

と、仰向けに倒れているヒミコを、祭司は榊《さかき》の枝でびしっびしっと打ちつける。

「神の娘、ヒミコ。起きよ、覚醒《めざめ》せよ。しっかとせよ。奮い立て！」

祭司の叱咤する声ではなかった。ヒミコの運命を動かす自分の内にいる本魂の発する聖なる声に相違なかった。

祝女たちが神歌を唱え始める。

天地《あめつち》が神　降りらや
天降《あも》りして　降り栄えよ
神のチを奉れ
神ならば
ゆらららさららと降りたまえ
ゆらららさららと降りたまえ

と、ヒミコはふいに気狂ったように飛びはねた。まるで、何者かに踊らされているように見えた。

「神争いじゃ、魔物に負けぬように踏ん張れ！」

と、祭司の声が飛ぶ。

大小の神と魔物とが争い、ヒミコの肉身を奪いとろうとしているのだ。

「おおッ、ああッ！」

と、狂い踊りをしていたヒミコが、突然、木の棒がどかっと倒れるかのようにぶっ倒れた。

とたんに、肉体から遊離した本魂のヒミコは空中に浮かび、倒れ伏している自分の生身を上から見下ろしていた。

そして、祝女たちが四人して、ひっくり返っているヒミコの生身を持ち上げ、滝まで運んでいき、あたかも枯れ木でも放り込むように水の中へひょいと投げ込むのを眺めた。

すると、空中に漂っていた本魂のヒミコは、空中をかろやかに飛んで真っ暗な洞窟に入り、その先の光明をめざして飛翔する。

光の一点はあっというまに大きくなり、ひろがっていく。

眼を開けていられないほどに眩しく光輝に満ちた世界が迫りきて、そこへ勢いよく放りこまれ、一挙にすべてが飛び散った。

同時に、烈火をもって地を裂くような、鮮明の声が耳朶《じだ》をうった。日輪の大神の神音に違いなかった。

その神秘的な声音はヒミコの本魂に影響を及ぼし、超常的な能力をもつ新たな本魂を誕生させるようだった。

ようやく意識が戻ったヒミコは、頭の中の脳神経が痺れるほど甘美な境地に浸り、まだ幻の世界にいるような心地を長く味わった。

…………………………

かくして、ヒミコは日輪の大神の神霊に満たされた……。

第三章　国の神、ヒミコが神女に

神名火山《かみなびやま》で執りおこなわれた苛烈な火水《かみ》の行の入巫《にゅうざ》儀礼は、まさに死神のそばをすり抜けるようなものだった。

命懸けの難行を成し遂げて日輪の大神の声を聴くことができたのは、真っ暗な洞窟のなかを飛び去って行く、その時だった。

ヒミコ〜と名前を呼んでいるような、しっかとやれ、と叱咤されているような、さまざまな声が入り乱れていた。

「汝が神女になったとき、汝の眼《まなこ》からまばゆいほどの光がたばしり出ておったぞな。大神の霊《ち》が汝の肉身《にくそみ》におり下って爆発したのじゃ」

と、ヒミコは祭司からそう告げられた。

さらに、祭司はこうも説いた。

「汝は神女になったからには、その稀有の短い息の霊《いち》を如何に使うかを考えねばならぬぞ」

「神女は持衰《じさい》と同じじゃ。持衰は航海の守護者として船に乗せられる。もし、大嵐にでもあったりして、その航海が不成功に終わったとき、持衰はその罪を負い、殺されてしまう運命じゃ。神女も地震、大風、日照り、洪水などでこの国が大災害をこうむったときは、やはり、その罪を負い、おのれの魂《たま》で償わねばならぬ」


ヒミコが神女になったことは国中に告げられ、国の重臣ばかりか友好国からの使者も出席する盛大な祝宴が、三日間にわたり開催された。

重臣たちも、つぎつぎと寿詞《よごと》を述べ、まるで邪馬台国の王の即位を称えるような雰囲気になった。

ただ、この国の王の弟のナシメだけは、重臣たちが口々に述べる言葉を関心がなさそうな無表情な顔で聞いている。

その様をニシキオリメは横目でちらちらと眺める。

「この二人は、どうしたことじゃ？」

と、ヒミコはふと気になったが、すぐにまわりの華やかな雰囲気にのまれてしまった。

だが、ニシキオリメは、ヒミコのそばにそっと寄り、

「ナシメは汝が神女になったことを喜んではおらぬ。おのれの地位が脅かされるとでもおもっておるのじゃ」

と、小声でそっと告げた。

国の王、シホヒコは人払いをしてヒミコと二人だけになると、

「ヒミコ、汝がこの国の神女になったのは、それも宿命《さだめ》であろう。じゃが、この邪馬台国の神女になったからには、おのれの為に命を使ってはならぬぞ。民の為に命を燃え尽くさねばならぬのじゃ。それが神の定めた汝の宿命というものぞ」

と、予言めいたことを口にした。

国中のあちこちに日輪の旗が立てられ、風になびくそれは、ヒミコの神女としての偉大な霊威を示すようでもあった。

「神女は日輪の大神の身代りぞな。天に月日、地に山川の在《あ》るがごとく在るものぞ。その眼は神の眼となる。肝に銘じよ。この世にある物事はすこぶるあいまいなもの。言うならばこの世のすべてはマボロシ（仮想現実）ぞ。じゃが、神女である者が視る（観測）ことによって、この世の現実は確かなものとなる。もし、神女が視ることとなければ、いつまでも重なり合った茫漠《ぼうばく》したままぞ」

と、いつだったかタマフルメに言われたことを、ヒミコはあらためて思いだす。

ヒミコは神殿の主室に入り、祭司は別棟に移った。神殿は真東に位置し、朝になると真正面から日輪が昇った。

祭司はヒミコが神女になると、すぐに霊力の衰えを見せ始めた。案じるヒミコに、祭司は、

「人も草木と同じ、時にしたがい、実がなり枯れゆくものぞ。わしはそれを少し

もおぞましきものとは思わぬ。人という生きものも草木と同類じゃからの」

と、言っていた。

神の言葉を告げるときは、ヒミコは玉葛を髪に巻き、朱のウルシを塗った歯の長いクシをさす。斎《いつ》き神の言葉は、頭にある棒状のクシに天降《あも》りし、ヒスイや碧《みどり》石《いし》の胸の飾り玉がもゆらに揺れ、音をたてながら触れあうとき、ヒミコの言霊にのってあらわれるのである。

ヒミコが神殿に粛然と殿籠《とのこも》りしている部屋は、神女しか入れない専用室だ。その部屋には小銅鐸が堅杵につるされ、祭壇の中央には縦型の銅鏡と大きい円形の神鏡が並んで置かれてあり、その両側には玉器《たまもい》にもった五穀、神酒などが祀《まつ》られてあった。

神のミ（神力）の依り憑いた円形の大きな神鏡は日輪の大神そのものであり、神女が仰ぐことによっていよいよますますその威力は増大する。

国に害を及ぼすいろいろな悪霊や邪霊を追い払う強力な神鏡ともなると、どこの国の王もおのれの権威を高めるために、そのような神鏡はのどから手がでるほど欲しいのだ。

神女ともなると、さまざまな重要な仕事があり、その一つは神名火山《かみなびやま》に入り、そこで託宣を得ることである。

神山に入るには、当然、厳しい禊《みそぎ》が必要だ。

煮たものや焼いたものを絶つ火断ちや塩断ちをして過ごし、早朝、白玉の沈める清流へと向かう。

川の上つ瀬に斎杙《いくい》を立て、それに幣《ぬさ》をかけ、つぎに川底に真澄の鏡をいかける。それから、ヒミコは素裸になって、首までつかり心身を浄める。

こうして、心身を神の水で浄めれば、存在のことごとくが無に還って原初に立ち戻り、すべての穢《けが》れが祓われる。神女になって初めて禊をしたとき、ヒミコは自分の内にいる本魂が、何か天から特別な使命を与えられてさらに覚醒し、霊格も向上し光り輝く存在になっているように感じられた。

神名火山は神殿の真北にあり、そこには神が降臨する巨木や巨岩がつらなる。強烈なマギレ（神力）に満ち、常人《つねひと》たちが入ると高熱を発し肌に紫斑が出たりする。

神山での行は、深夜から明け方にかけての行である。いくら請い願っても、神はけっして陽の光のあるうちは応えてくれない。

なぜなら、昼は人がつくり、夜は神がつくるものだからだ。

ヒミコは巨岩の端に細い枝をあつめ、そこに火をともす。そして、焚かれる神火をみつめながら託宣を仰ぐ。祈り待つうちにヒミコは頬や口をゆがめて顔面を紅潮させ、しきりと欠伸《あくび》をし始める。

神が近づいてくるときは、耳が鳴ったり、頭から背中にかけて冷水をあびせられたような感じになる。そして、ぽつんと立つ荒野の大木に、突如、ひらめき落ちる稲妻のごとく神の啓示が降りてくる。

その刹那、神がくだされた神口（神語）がするりと出る。同時に鼻血が出たりすることもある。付き添う祝女がその託宣を聞き取り、神がかりの後の、長い眠りから醒めたヒミコに伺いをたてる。

季節が春になると、ムラ〳〵の行事も多くなにかと忙しい。

満月の夜、子供たちは稲わらの棒をもって家々をまわり、ばたんばたんと大地を叩いて歩く。植物に芽を出させるように、と地霊に活動を促すのである。その仕事は子供たちだけの役割で、家々から褒美をもらったりするのだ。

ヒミコの務めは邪馬台国が一望千里に見渡せる、小高い丘に登っておこなう国《くに》視《み》の行事だ。

この丘には一本だけ太く高くのびているタブの古木があり、下枝には竹玉と石玉をたくさん緒に結んだ弥栄霊《やさかに》の御統《みすまる》が、ヌルデの綱に取りつけられている。これは神に捧げられた斎《いわ》いの大木なのだ。

国の多くのムラが散在する光景を眺めおろしながら、ヒミコは祝女たちと伝統的な予祝《よしゅく》の歌を単調な節をつけて歌い舞い踊る。

我が日輪の大神
ゆたけき作り田見れば

稲の苗　やららに風に揺れ
しえや（ああもう）！
真南の風吹けば
神の霊威　いずれ稲穂に降りて

……………………

いまひとつ、ヒミコが大切な役割を負う春の行事は、「日輪《ひ》のお供《とも》」である。東の山の麓にある歌垣《うたがき》のおこなわれる野は、その日、すべてのムラ人が寄り集う。

歌垣は男女がそれぞれ列をつくり、恋歌を互いにかけあうもので、人間の内にある四つの分魂を生き生きさせる魂振りの儀礼だが、豊作を祈っておこなわれる性の宴の行事でもある。

しかし、日輪のお供の行事は、それとは異なる。日輪は一日中、作物を育てるために絶えず陽の光を放ちつづけてくれる。

その日輪の辛苦を思い、ムラ人たちは全員、同じ苦労をして慰労してやりたいと、休まず歩きつづける難行なのだ。

午前中は日迎えといって日輪に向かって歩き、午後からは日送りといって日の落ちるほうへと歩く。

日中、朝から晩まで照らし光を恵んでくれる日輪、それがいかに苦しい務めであるか。かれらは一日中、日輪の運行にそって歩きつづけることで、この苦しみをみずからに課し、日輪に感謝し、豊作と一家の安穏を願うのである。

ぞろぞろと連なり歩く人々の服装は、女たちは貫頭衣、男たちは頭に頭巾をかぶり、腹のところで一枚布の前端を結んだ正装をしている。起伏の多い野道を長歩きするのは、子供たちにとっては大きな苦行となることだろう。

昼前はまだしも、昼過ぎてくると脚が棒のようになって、それが辛くて泣きながら歩いている子もある。

「ああしやを！　もう先頭の者は、あの林を越えて見えなくなってしもうたわ」

「おの！　長い列じゃの。よくこんなに数多《あまた》の人間がおったと思うわ」

と、祝女たちが囁き合う。

西の方向に黒っぽい影を含んだ原生林が茫漠としてひろがり、その際まで作り田がつづいている。ムラの人たちは、まずあそこまで歩いてゆくつもりなのだろう。

日輪の代理、神女のヒミコがこの丘に立ち、自分たちを眺めてくれていることを、かれらは知っている。そのことで勇気が与えられ、励ましてくれていると思えるのだ。

人々はヒミコのいる丘に向かって、つぎつぎと両手をあわせて拝んでは去って行く。


夏になると、重要な行事は雨乞いである。

稲作の一年の行事として、春の田植え行事、夏の稲虫送り、雨乞い行事は、三大行事といわれる。

この年の気候も異常だった。天地の陰陽が狂い、さまざまな異変が起こり、雨降らせる雷神も姿が衰え、神成《かみなり》さまが小さい魚に変じて木の股に挟まれていた、などという奇妙なウワサまで出た。

まだ早い時期に黄色い蝶の大群が空を埋め、狼の遠吠えが毎夜のごとく烈しくなって人々を驚かせた。ある日の未明のこと、山々が咆哮し、千羽の及ぶ小鳥がいっせいに群れ飛び、野の虫がぴたっと鳴くのをやめた。

地震の前触れだった。どかんときて家々の柱が折れ、屋根ごと倒壊し火を噴いた。大路に無数のヒビが入り、山崩れが起き人と家が押しつぶされた。

この地震のあと雨が一滴も降らなくなった。日照りの害もすさまじいものになった。

「まるでお日さまが二つ天に出ておるようじゃわえ」

と、ムラ人たちは白く光る空を眺めては嘆き、昔から続く雨乞いの定例行事を始めた。

蛇を模した長いナワをこしらえ、それを棒でひっぱたくのだ。蛇は雨の神の片割れなので、こうして虐待すれば、雨を降らせてくれるはずなのだ。

でも、雨は降らない。

ムラの広場には大きな丸石が置かれている。その丸石は孕《はら》み石で満月の夜などに急速に太り、ぽんと小石を産み落としたりする。

この丸石は石《いわ》だたす神（精霊）でもある。人間はものを言うが、石はものを言わぬゆえ神なのだ。しかも、この広場の石神は雨を降らす雷神とは親友であると伝えられている。

そこゆえ、どうしても雨が降らぬときは、ムラ人たちはこの大石を雷神の身代りにして、河底に沈めようとする。

「なにゆえ、雨を降らさぬのか！」

と、人々は大石を罵り、

「こんなにもわれらが困っているのに、返答もせずえらえら笑っておるわ」

と、丸石の神を悪者にして、今度は人間が逆に神に懲罰を与えるのである。

丸石は神と呼ばれただけあって、性格的には善そのもので、人の為すことにまったく抗いもせず、水の底に沈められたままひたすら堪えようとするのだ。

最後は雨乞い歌をムラ人全員で歌う。

雨降ろしの偉大な神よ
雨たまえ
白雲に雨なしよ
巻き雲に雨なしよ
かくも多くの民人の
祈願しおれば
雨降したまえ

女も子供も年寄も、みんな家をあけて朝から夜まで必死に願い祈るのだ。

そうやっても、降らない。いつまでもお日さまがかっかと出ている。自然の神々の中でも、日照りの神ほど強情な神はいないのだ。

それで、ついに、

「ヒミコ神女さまに、お出ましをねがおう」

ということになる。

神殿から出てきたヒミコの胸には銅鏡が下がり、右手には青々とした神のミ(霊威)のついた榊《さかき》が握られている。

祝女たちを引き連れて歩むヒミコの胸にかかる黄金色の銅鏡が陽の光をはねかえし、その光線がきらっきらっと大気を切り裂く。広場の集うムラ人たちは、そのつどはっと畏《かしこ》まり、銅鏡の光を避けようとして顔をそむける。

ヒミコだけが広場の中心の置かれた高台の上に立ち、ろうろうと祈事《のりこと》を唱える。その呪文は輝く言霊《ことだま》となって天に昇り、万物の誕生した源である混沌とした宇宙の中央へと立ち還っていく。

広場の大地は暑熱をふくんで、座っているムラ人たちをじりじりと焼く。強烈な日差しの中に風もなく、乾燥しきった家々の三角形の屋根が刃物のように光っている。

そんな状況にあっても誰ひとり身じろぎもせず、真剣な表情でヒミコの所作に見入っていた。

この祭儀の成果が、そのまま自分たちの壮絶な飢餓に繋がると思えば、いやでもその眼は真剣なものにならざるを得ないのである。

祝女たちの奏でる土笛と小銅鐸を打ち鳴らす音にあわせて、白い木綿《ゆふ》のついた神の榊をたゆらに揺らし、ヒミコが高台の上をゆっくりと舞い始める。

ヒミコは身をひねりくねらせながら、ゆるやかに息をつぎ、すこしずつ所作に入っていく。

土笛に太鼓の音が加わり、祝女たちがいっせいにウオー、ウオーと高い声をあげだした。

ヒミコの上半身ががくんと折れたかと思うと、ぶるぶると全身を激しくふるわせ、突然、獣じみた奇妙な叫びを発し、シケ（神がかり）がきた。同時にムラ人のなかに神のチ（神威）が依り憑いて、四人、五人の男女が奇声を放って飛び上がった。

神事は無事に終了した。

もし、これでも日照りがつづくようならば、それは日ごろの人間たちの不信心が悪い。神々からも愛想を尽かされたのだ。

秋になって、ムラ〳〵では作り田の近くにたつ鹿火屋《かひや》に見張り番が寝泊まりするようになった。穀霊のついた稲穂をサルやイノシシから護るのはクエビコ（案山子《かかし》）なのだが、やはり、最後に信頼できるのは人間なのである。

稲穂をねらうのは鳥獣だけでなく、イナゴも稲の大敵だった。びっしり稲葉にとりついた無数のイナゴは、とても人の手では退治できるものではなかった。

そこで稲の神の力を借りようとして、昆《は》う虫退散の儀礼がおこなわれることになる。長老が鹿の肉をもって用水路に出向き、それを水中に沈める。

つぎに男性器をかたどった土器を田に突き刺し、クルミ、サンショウ、塩などを畔《あぜ》に置いて呪文を唱える。これでイナゴが田から逃げ出してくれるはずなのである。

おちこちの作り田から、

「刈りてな、刈りてな！」

という掛け声が聞こえてくる。

稲刈りは石包丁をつかって穂を刈るのだ。石包丁は平べったい半円形のかたちをしており、指がひっかかるところには二つの穴が開けられている。

鉄の鎌では稲穂に潜む穀霊がびっくりしてしまう。手の平に隠れてしまう石包丁で、ほとんど穀霊が気づかぬうちに穂首を刈り落してしまうのだ。穀霊を驚かせて稲穂から逃げられてしまうと、翌年いかに丹精をしても稲は稔らない。

稲刈りが終わると、ムラの辻にはニホが作られる。稲穂を内側にして円錐形に積み込んだニホの頭には、トブサと称するワラ帽子がかぶせられ、それは稲霊が降臨する標山《しめやま》にもなる。

「もうじきムラでは収穫の祭りが始まるぞな。夜通しの神遊びをおこなうが、あれは楽しいものぞな」

と、祝女たちもはしゃいだ声をあげる。

夜になると篝火《かがりび》がたかれ、男たちの顔や上半身には生命の赤色が塗られ、酒を浴びるほど呑み、広場にある天の御柱のまわりをぐるぐると輪になって左まわりに踊るのだ。

神人皆楽《しんじんかいらく》の夜を楽しみ、朝まで踊りの輪を解くことはない。

「神女、そろそろ新嘗《にいなめ》の準備をせねばなりますまい」

と、祝女たちが言う。

晩秋の新嘗の儀礼は田植えのそれと並んで重要な行事なのだ。この行事に要する供物を調達するのに、祝女たちは朝から忙しげに動きまわる。

神女は成熟し穀霊（精霊）を宿す初穂を抱いて、一夜すごすのである。真床《まとこ》、襲衾《おふすま》にくるんで添い寝をすることで、穀霊に感謝の意を捧げるのだ。

祝女たちが新米を口に噛んで神酒を造るのも、このころだ。

ある日、ウカタが神殿にやってきて、

「クヤが元気にいがいがと泣く赤子を生んだぞな」

とヒミコに伝えにきた。

「クヤに赤子が！」

クヤは親友なのだ。赤子を生んだならば、さっそくお祝いに行かなければならないだろう。ヒミコは早朝の儀礼を済ますと、数人の伴を連れてクヤの産屋《うぶや》に急いだ。

との曇る東の空には、新しい光が生まれようとしていた。どしんと屋根を大地にかぶせたような竪穴式住居の煙出しから、朝餉《あさげ》の支度で出る淡い煙が明るみのなかに立ちまよっている。

どの家もこの時間には炉に火を入れる。食事を作ろうが作るまいが、炉に火を入れるのが朝方の務めなのだ。それから女や子供たちは、川や井戸にカメや壺を抱えて水を汲みに行く。

ウカタとクヤは赤子が生まれると竹刀でヘソの緒を切り、天に向かって朱塗矢《にぬり》を放ったことだろう。

「この赤子の魂は、いま生者の国へ生まれ変わったぞ」

と、死者の国にねもころ（ていねい）に告げるためだ。

そして、常世《とこよ》にあふれるミ（霊威）を依り憑かせるための「よみがえりのオチ水」として、禊《みそぎ》の産湯を使わせたことだろう。

ヘソの緒は大切に保存され、後日、間違いなく自分が生んだ子であることの証明として、母が子にそれを示すことになる。胞衣《えな》は分魂の和魂《にぎたま》の容器なので、産屋の近くの小川のほとりに埋めるのが習わしだった。

クヤはまだ産屋にいた。産屋の屋根には安産を願う鵜の鳥の羽が突き刺さっている。

産屋は母親が赤子を生むために特別にこしらえる建物で、卵を孵化《ふか》させるための鳥の巣にそっくりである。

産屋は戸口を泥で塗りつぶして塞ぎ、内部は暗い母体の内と変わらない。妊婦の毎日の食事、雑炊をこしらえるために、新たな炉の火(別火《べっか》)も設けられている。

異次元のあの世から来た赤子の本魂はまだ知識がないので、生まれるとすぐにあの世へと逆戻りする習性がある。これを止めるために日光を当てず、母親の胎内と似たものにするのだ。

床の砂のうえに刈り薦《こも》を敷いて、産神《うぶかみ》の憑く玉箒《たまほうき》で腹をなでられ、一本の力綱にすがって出産する。

海と空の果てにある常世からもたらされたスデ水（産湯）を使い、産屋を出るときに初めて衣を着せられる。

ヒミコはクヤを見つけると、

「あな！　まことに難儀じゃったな」

と、慰労する。

「おの！　ヒミコ、来てくれたのか。赤子の顔を視ていってな」

と、クヤも喜びあふれた表情で答える。

クヤにとっては初めての赤子なのだ。しかも、ウカタの子であれば、それこそ舞い踊りたい気持ちなのだろう。

ウカタの荒魂《あらたま》の入った赤子は、火の神の守護を頼み頬にススがつけられ、頭のわきには邪霊避けの篠笹が十字に置かれてあった。

「しえや！　男の子か。……おの！　いがいがと泣くぞな」

と、ヒミコはウカタの顔をちらりと見る。

生まれたばかりの赤子は手足をきちんとそろえ、ボロ布で数日間すっぽり包んでおく。初めての人間社会にびっくりさせないようにするためだった。

ヒミコは持参してきた琉璃《るり》色の勾玉《まがたま》を、赤子の額にそっとおく。その額には朱色の×印がつけられている。魂は彼我《ひが》を自由に往来できるものであるが、赤子の場合は特に抜け出やすい。こうすれば、全部の魂も安定して内に鎮まってくれるだろう。

「無事に生まれて良かったのう」

と、ヒミコはクヤに言う。

出産は女にとっては生死を賭けた大仕事なのである。妊婦を助けたいと身代わりにイノシシの子を殺して神に願ったりするが、それでも力尽きて死んでしまう妊婦もある。

そんなときは、死んだ妊婦の腹を割いて中から胎児をとりだし、妊婦に我が子を抱かせてやる。そうやって無事に出産したときと同じ姿にしてやらないと、死んだ妊婦の幸魂は満足せず怨霊化してしまう。

「初乳の親は？」

と、ヒミコはクヤに尋ねる。

「ふむ。近くにおる女に頼んだ」

クヤの唇に笑みが漂う。

赤子に飲ませる初めての母乳は、産んだ母親のではなく別の女の乳とするのが慣習になっている。

「クヤ。この小屋にいるのも、ややの我慢ぞな」

と、ヒミコは帰りぎわに、そうクヤに告げた。

赤子の本魂がその肉体に完全に定まるまで、クヤはしばらくのあいだこの産屋で不便な別火の生活をしなければならない。そして、赤子の本魂に生者の世界にいることを認識させ、もう本《もと》の国へは還れぬことを承知させるために、いずれこの産屋は火をつけられて焼かれることになる。

「……クヤが、ウカタの子を生んだ……」

その実感がヒミコの胸に迫り、嬉しさと悲しさとが入り混じった複雑な心境になるのだった。

だが、そんなヒミコは、一ケ月も経たないうちに驚きに打ち砕かれた。ウカタからまた連絡が来たのだ。

「クヤの赤子が死んだ！」

ヒミコはさっそくクヤのもとに駆けつけることになった。

クヤはたった一人、産屋のなかで青い顔をしていた。泣くだけ泣いた顔で、もう言葉も出ない様子だった。

「あしやを！」

と、ヒミコがその肩を叩いても、まったく反応のない、のっぺりとした顔になっている。

ただ眼だけが、咎めるようにヒミコを眺めていた。

「汝は神女なのに、何とかできぬのか！」

という眼なのだ。

ヒミコは胸が痛み、クヤの視線を跳ね返すことができない。

「いくら神女といっても、神が相手ではどうにもならない」

そのことをクヤに理解をしてもらいたい、と思うのだが、

「神女は神そのものぞ」

そう思いこんでいる人間がほとんどなのだ。

そのうち、ウカタがクヤに、

「赤子というものは、たいていは神に取られてしもうて、早死にするもんじゃ。じゃが、四人か五人ほど産めば、一人くらいはまともに育つ者が出てくるものぞ。また産めばよい」

と、声をかけると、ようやく生気を取り戻したふうのクヤは、

「そうじゃな。神に連れて行かれてしもうたのであれば仕方がない……」

諦めた口調で、そうつぶやいた。

神に奪われぬために、赤子には犬の子、犬のクソ、豚の子、豚のクソなぞと名

前をつける。だが、どれほど人間が抵抗しようとも、天神が、

「この赤子は可愛い子じゃ」

と、思えば、もうどうにもならない。あっさりと天に連れ去ってしまう。観念する母親が賢いというものだ。

赤子の亡骸は成人のそれとは異なり、カメ棺に入れられ埋葬される。カメは母胎、子宮そのものなのだ。死骸が悪鬼と化すのを防ぐため、カメには鎮魂の小石を入れなければならない。

肉身が滅んでしまったとはいうものの、赤子の本魂はあの世にすぐに還ろうとはしない。なにせこの世に来たばかりで珍しいことだらけで、できたらまた他の胎児によりついてこの世に復帰したいと考えている。

それゆえ、分魂の付着している髪とヘソの緒は別の壺に入れられ、それを家の玄関のまえに埋められたりする。そうすると、その壺の上を通る妊娠している女の人がおれば、その胎内に入ることができるかも知れないからだ。

ウカタはため息をついて、

「もっとも赤子ばかりか大人になっても、戦や疾病《えやみ》でほとんどの者が、若い内にみんな死んでしまう。今はそういう時代なのじゃ」

と嘆く。

まったくその通りだ、とヒミコも思う。

今の時代は人生三十年といわれる。生きていてもすぐに死んでしまう人間があまりにも多く、この時代の人々は物心がついた時には、もうすぐおのれが死ぬかも知れないことを実感しつづけなければならない。

「どうして、こんなふうに神は人間をつぎつぎに若い内に死なせてしまうのだろうか」

「なにゆえに神は、これほどまでに人間に苦しみや悲しみを与えるのだろうか」

ヒミコには納得できぬことなのだが、あるいは人間が生まれるのも死んでしまうのも、神の恩寵であるのかも知れない。

歳月は淡々と過ぎて、ヒミコの神女としての名声も確固たるものになっていった。

この頃のヒミコは神殿にこもり、めったに外に姿を現すようなことはなくなった。

秘すればこそ神なのである。

そんなある日、宮殿にいる王、シホヒコから呼び出しがあった。

ヒミコが顔を出すと、王のシホヒコ、弟の将軍、ナシメ、それと王の第一の妻、ニシキオリメの三人が待っていた。

王、シホヒコはヒミコの父親であるが、ヒミコにとって肉親の情を感じることもなく、たんにこの国の王と面会するというだけの感覚だった。

ただこの時は、シホヒコに会って、

「この男の寿命は、あと少ししかない！」

ということが、胸にぴんときた。

ヒミコの眼にその父親の肉身から本魂がするりと抜けだして行く光景が、あざあざと浮かんだのだ。

妻のニシキオリメにそのことを言えば、

「汝は神女なので、なんとかしてもらいたい」

と、頼まれるだろう。

しかし、天が人間に与えてくれる寿命については、神女の力の及ぶものではないのだ。ヒミコがどれほど寿命を延ばしてくれるよう祈願しても、神はいささかもその願いに耳を傾けてはくれないだろう。

「ヒミコ、よう来てくれた」

王、シホヒコは威厳をもった口調で言う。

「実はな、汝に頼まねばならぬことが起きてな。国境を見回っている兵士から報告があっての」

「敵がトコヒ（大呪詛）を仕掛けてきたのじゃ。北の黒山の麓の松の枝に、大きな輪と小さな輪を組み合わせてこしらえた呪いのしめ縄がかけられておったそうな、しかも、十個もの……」

敵とは近隣にある狗奴《くな》国のことである。稲作が発達してきたこの数年、作り田の所有地を増やそうと、国同士の争いが激しくなっていた。どの国も人口が増えてきた結果である。

「トコヒに関しては、こちらではどうにもならず、これは神女である汝に頼るしかないのじゃ」

と、ニシキオリメが口をはさんだ。王のシホヒコが、うむ、とうなずく。

確かに呪詛《すそ》に関しては、同じ呪詛で返すしかない。

「わかりました。われが呪詛返しの祓いをしましょう。相手の呪詛を無効にし、さらに害を加えるようにいたします」

ヒミコはきっぱりと告げた。

「おう、頼むぞ」

王、シホヒコも頼もしそうな表情で口元を緩める。

「汝が神女になってくれて、まことに良かった。汝がおれば、いかなることがあっても安心じゃ」

ニシキオリメも満面に笑みをたたえて、そう告げる。それを見て、ナシメが口をひらいた。

「しかあれど、王《かみ》、シホヒコ。これはたんなる呪詛とは思えぬのじゃ。これは戦の前触れですぞ。戦となるまえに我が国を混乱させようとする謀略ですぞ。いよよあの国とは決着をつけぬわけにはゆきますまい。これまであの国は、なにかと我が国を眼の仇にし、隙あらばこの国を滅ぼそうと考えておるからのう」

「ふむ。……狗奴国の宣戦布告か。そうじゃな。あの国とはいずれ決着をつけねばならぬと考えておった。戦を始めなければならぬかも知れぬな」

王、シホヒコも同調する。

「そうなると、神女・ヒミコも戦場に出て、その霊力《ちから》を振るってもらわねばなりませぬぞ」

と、ナシメ。

「何を申すや！　ヒミコを戦場に出すことなぞ許さぬぞ。さような危うき場に身をさらすようなことなぞ、絶対あってはならぬことぞ」

ニシキオリメがナシメに激しい口調で詰め寄る。

王、シホヒコはその様子を黙したまま、戸惑った表情を浮かべて見守っていた。

翌日、ヒミコはさっそく二十人ほどの祝女を引き連れ、宮殿に近い大広場で呪詛《すそ》返しの儀礼をおこなうことにした。

敵の仕掛けたトコヒにより、眼に見えない邪気が国内に侵入してきている。この悪しき気を追い払うために、儀式を実施するのに必要な弓の名手、五人の兵士を召集した。むろん、そこには弓隊の隊長であるウカタも加わっている。

兵士たちに桃の木でつくられた神宝の生弓《せいきゅう》、百鬼を制するという桃弓《とうきゅう》が授けられた。

すでに大広場には四、五十人ほどの官人たちが、おどおどした眼をして集まり、トコヒ祓いの儀礼を視ようとしていた。その背後には官女たちが薄気味悪そうに眼玉をきょろきょろさせ、胸が押しつぶされそうな顔をしている。

ヒミコは白い木綿《ゆふ》のついた早緑の榊《さかき》をふって、兵士たちを整列させ、それから朗々と呪言をとなえる。

かれらの持つ桃弓には矢がない、眼に見えない魔物を退治するには、同じく透明な矢をもって当たるのが有効なのだ。

「オウーッ、オウーッ！」

祝女たちが一斉に口を手で叩いて、叫び声をあげる。

「射よ！」

と、ヒミコの神語が響く。

びーんという桃弓の弦をいちどきに弾く音が鳴りわたり、周囲の空気をふるわせた。

東西南北、それぞれの方角に四度、強烈な霊威を秘めた透明な矢が放たれる。

これで国内にうごめく邪気、悪気は、すべて追い払われたはずなのである。

儀礼が終わると、大広場にいる人々から、

「ああしやを！」

「ええしやこしや！」

と安堵した声が漏れる。

弓隊の隊長のウカタも大役を果たしてくれた感謝の気持ちをあらわすために、

ヒミコに深々と頭を下げる。

怨敵《おんてき》退散の呪詛《すそ》返しの儀礼を終えて、ヒミコは祝女たちと神殿に戻ることにした。

帰り道にブナの樹が茂る小広場を通った。そこは数人の子供たちの遊び場になっている。小さな女の子が二人、大きな男の子たちに取り囲まれていた。どうやら虐《いじ》めにあっているようだった。

女の子たちはブナの樹にすがるようにして怯《おび》え、なにやらはやしたてる男たちから逃れようとしている。

親のない子は　夕陽を拝《おろが》む
親のない子は　夕陽を拝む
親は夕陽のまんなかに
親は夕陽のまんなかに

男の子たちは、そんな意味の歌をうたって、小石を投げつけたりして女の子を虐めている。

わあわあ泣いている女の子は、どうやら親のいない孤児のようだった。三つか、四つのようで、髪も顔も土ホコリで汚れボロボロの着物を着ている。

孤児となった幼子は、もう夕陽の中にしか親の姿を見ることができない、と男の子たちに嘲笑されているのだ。

「こらッ！」

と、若い祝女が男の子たちを叱りつけ追い払い、女の子の一人を抱き上げる。

「これ、子供を驚かせてはならぬぞ。分魂がびっくりして飛び出してしまうぞな」

と、年長の祝女がたしなめる。

「可愛そうじゃ。帰れる家もないので、あのブナの樹の下で寝るしかないのじゃ」

「このごろ、こんな子が増えてきておるのう。小さい子なのに、多分、争いごとか疾病で親に死なれ、一族の者も養うことができず捨てられてしまったのじゃろう」

「可愛そうじゃ。親に死なれてしもうては、もう一人では生きてはゆけぬ。帰れる家もないので道や川の端に行き倒れるか、こんな広場のブナの樹の下に寝て飢え死にするしかないのじゃ」

祝女たちは口々に言い合う。

「なんとかできぬものか？」

ヒミコが案じると、

「わかりました。われの親戚の家にでも頼んでみまする」

年長の祝女が言った。

今度また狗奴国と戦にでもなったならば、大人は殺し合い、あのような不幸な子がたくさんうまれてくるに違いない。

「戦ほど悪しきことはない。親をなくし家をうしなった子が、こんな広場にたむろして、夕陽のなかにしか親の姿を求めることができない」

ヒミコはつくづくそう思うのだ。

一日の務めを終えた日輪の大神が、いま山の向こうに消えそうになっている。とろりと血の塊のように異常な色をした夕焼けが、何かのモノ知らせ（予兆）のような感じだった。

民人たちのウワサでは、まもなく狗奴国の兵士が攻め寄せてくるはずだった。しかし、一日一日と日が過ぎてゆくものの、そういった気配はない。

「狗奴国の兵士の姿を見た！」

という話も出たが、それも偽りの出来事だった。

緊張の糸がとぎれて張り詰めたものが緩んでいき、狗奴国は攻めてくるのを諦めたらしい、と一時の熱気は何処かへ吹き飛んでしまった。

人々は再び平穏な暮らしを取り戻し、家の中の炉の火を眺めながら木枯らしの音を聞いて渡らう日々となった。

神殿でもまた機織《はたお》りの音が聞こえだし、祝女たちの頬にも片笑みが浮かぶようになってきた。

第四章　邪馬台国の女王

　たんたんと過ぎゆく生活に衝撃を与える木鐘が打ち鳴らされたのは、珍しく木枯らしの音が止み、のびらかな冬の日差しが降りそそぐ昼どきであった。

　望楼から響きわたる木鐘の音は、晴天に突如落ちてきた雷鳴となって国民を狼狽させた。

「狗奴《くな》国の兵士《いくさ》どもじゃ。荒岩河の対岸に現れおったぞ！」

と、女も年寄も右往左往して大騒ぎになった。

　身体が不自由になっている王、シホヒコから指令が発せられ、てきぱきと若者組を中心に軍勢が整えられていった。

　やがて、出陣の儀礼を受けるため、全軍が大広場に集結した。国の指導者を代表して軍の総大将のナシメや王の妻のニシキオリメ、重臣たちも顔をそろえた。

ヒミコは兵士を見渡す台のうえに上がり、勝利祈願の儀礼をおこなう。両手を大きく開いて拍《う》つ八開手《やひらで》をもって兵士たちに霊力を付与し、天のヌホコ（槍）をこの国の軍を率いる総大将のナシメに与えた。

天のヌホコには雷神の稜厳《いつ》なるミ（霊威）が依り憑けてある。これは感染呪術の方法によるものだ。

神女が木の桶を伏せ置いたような宇気桶《うけぶね》のうえに乗って、これを矛《ほこ》で突きながら踏み轟かせる。宇気桶とヒミコの手を結ぶ一本の木綿の糸によって、雷神のミが桶のなかに取り込まれる。神聖なヌホコとなったそれは、戦場に出れば敵の戦意をくじき、味方に勝利をもたらす威力を発揮する神具になるのだった。

さらに兵士たちの鎧《よろい》には、神山のチ（神威）がこもった赤土がすりこまれ、かれらを奮い立たせる。また日輪の形代《かたしろ》となる赤米の丸い餅も、護符のかわりに兵士に与えられる。

十人前後の兵士が一つの隊となり、鯨波《とき》の声をあげながら大広場を出て行こうとしていた。投石具の石弾をもつ部隊、弓隊、戈《ほこ》（槍）は鉄、銅、石作りとさまざまで、それらが陽の光を受けきらめいていた。

殺気だった兵士たちの眼は、森でイノシシを追うときの残忍さを帯びている。行軍する兵士たちに向かって、見送る群衆からひっきりなしに声がかかっていた。竹玉を首に巻いた母親たちが、兵士を奮いたたせようと息子や夫の名を呼んでいる。

敵を威嚇する武具である靫《ゆぎ》を背負い、戦闘用の強弓をもった女兵士《めいくさ》の隊列が見えると、それはいっそう高い喚声となって広場を揺るがした。

「おの！　女たちまでが、こうして兵士となって戦場に出ていく！」

ヒミコの胸にも高まる熱気が溢れてくる。

兵士たちが戦の時に身につける貫頭衣は特別製で、その背の中央には魔除けの綾取り状の文様が縫い付けられてある。胸には三角形の土版の護符が下がっている。生還の祈りを込めた妻や母親たちの手作りのものだ。特に息子のために精魂こめてこしらえた土版には、母親の分魂が籠り、特別に効果あるものと信じられている。

　ヒミコが兵士たちの出陣を最後まで見送って、一息ついているとナシメがそばに寄って来て言った。

「神女のヒミコ。これからいまひと働きをお願いせねばなりますまい」

「……」

　ヒミコがナシメに眼を向けると、

「戦場に出て、兵士たちを励ましてやっていただかねばなりませぬ」

　それを聞きつけたニシキオリメが、慌てた口調で、

「とんでもないことぞ！　ヒミコを戦場に出すなぞ、神女の役目はいまの儀礼ですべて済んだはずじゃ。戦場に出すなぞ、とんでもないことぞ！」

　ナシメはニシキオリメを睨みつけ、

「されど、この戦に勝つまでが神女の役目じゃ。戦場に出て、その姿が兵士たちの眼に入れば、それだけであの者たちの戦う気持ちは倍増しする。神女がその役目を果たさずば、国の民人も許すまい！」

ナシメの口調もしだいに熱を帯びてくる。

「しかあらば、いかなることでヒミコの身が安全と言え得るのや。矢が飛び石が飛び、銅戈や剣が振り回される戦場で、どうして身の無事を約束できると申すのか！」

と、ニシキオリメ。

「この度は大戦ぞ。負けたらこの国の民はいかになるや！　男や年寄たちは殺され、女や子供まですべてあの国の奴婢（奴隷）にされ、悲惨な生涯を送ることになるのだぞ」

ナシメは哀願するような眼でヒミコを視る。

「しかあれど、……」

と、ニシキオリメが口を出そうとしたとき、ヒミコがそれを遮り、

「ニシキオリメの母、もう良い。われは戦場に出る。多くの女たちまで、ああして兵士となって戦場に出て行くではないか」

「待ちなされ、女兵士たちと汝とは違いまするぞ。汝が……」

ヒミコはニシキオリメに、それ以上言うな、と手を振り、ナシメに承諾する旨の合図を送った。

「ああしやを！　なんてことを……」

と、ニシキオリメが大仰に天を仰いで嘆く。

同じように天を仰いだヒミコの眼には、その時、日輪の大神が異様に光を増して照らすのが視えたのだった。

ヒミコは、

「今回の戦には狗奴国の王、ヒミクコ（卑弥弓呼）も必ずや出て参るでありましょう。神女の霊威をもって、あの王の勝ち運に翳《かげ》りを与えてくださらぬか」

というナシメからの特別な頼みを聞いて、狗奴国の王、ヒミクコに対する、敵意を鎮める伏敵の呪法、カシリをおこなうことにした。カシリは稜威《いつ》くしき呪法を施す直線的で激烈な呪いである。

その日の午後、ヒミコは白い玉の沈める身削《みそ》ぎの時に使う清流へと急いだ。

ヒミコの手にはアマノタクリヤソヒラ（天手抉八十枚）がある。それは丸めた聖なる神山の土を指でえぐってこしらえた小さな祭祀土器で、水の中に沈めるのに用いるための呪詛用の道具だった。

敵の総大将の命運をそこに呪いつけ、水泡が浮かび消えるように水面より沈ませるのである。

「沈めや、沈め、たゆらに沈め！」

アマノタクリヤソヒラはヒミコの眼力に押され、揺らぎつつ水底へと落ちていく。これでヒミクコは実力を発揮することができないだろう。発揮しようとすればたちまち呪詛の威力によって、気力が萎えてしまうはずだ。

ヒミコは戦場へ向かう装いをした。霊気のこもった水で髪を洗い、貝紫色の絹の衣をまとった。頭には玉葛、鳥の羽を刺し、両腕にはゴホウラ貝の玉釧《たまくしろ》(腕輪)、足首には琥珀《こはく》玉を魂の緒で結んだ豪華な飾りをつけた。

ヒミコは輿《こし》に乗せられ、周りは祝女がぐるりと取り巻き、前後は戈《か》（槍）と弓をもつ十人の女兵士が警護し、ウカタが先頭に立ち主導した。

まもなく太鼓の響きが地を這って聞こえてきたかと思うと、ふいに前方が開け高台に出て軍勢の動きが眺められる場所に進んだ。

「おう、我が軍が荒岩河を渡っておる。あれは河を背にした必勝の陣を敷こうとするためなのじゃ。背後が激流であれば、もう退くことは叶わぬ。兵士たちは死に物狂いで勝つしかなくなるからな」

と、ウカタがヒミコに説明する。

「さあらば、ウカタ、われらもあの河を渡ろうぞな」

「それはならぬ。河を渡れば危ういことになる」

「しかあれど、河のこちらでは我が軍の兵士たちには、われの姿を見せることはできぬ。それでは、われがこうやって、わざわざ戦場に出てきたかいがない。兵士たちにはわれの姿をけざけざ（鮮明に）と見せてやろうぞな」

「無謀じゃ」

「ウカタ、良いからわれの言を聞け」

「できぬ」

「ウカタ、汝はこの戦を負けてよいと思うのか！　この戦は我が国にとって、もっとも大切な一戦じゃろうが」

「……」

「何を迷う。それでも汝は男子か。まことは河を渡るのが怖いのじゃろ？」

一瞬、ウカタは、何を、という顔になり、それから、いまいましそうに太い吐息をもらした。祝女たちは、ヒミコの勇ましい言葉に驚嘆した様子で、互いに顔を見合わせている。

……戦場の光景がさらに近く見えてくる。

風がやんだせいで陽にぬくもりを覚える。ヒミコを乗せた輿は杉林の傾斜を下りて行く。輿にしっかりしがみついていないと、振り落されそうだった。

ヒミコの眼は敵軍の後方にいる敵の総大将のヒミクコの姿を捉える。

赤色の皮が貼られ、側面は羽毛の飾りのついた木槌を持って立っている。身にまとう木の短甲《よろい》は丸木をくりぬいたもので、朱色の表面には幾何学模様が刻みこまれ、背のほうには鳥の文様が鮮やかに浮き出ている。頭には鳥の大羽の冠をかぶり、両腕にはゴホウラ貝の縦割りにした釧《くしろ》を数個つけていた。

ヒミコはその姿をしっかと眼に刻みつける。もうすぐ修羅場の戦場に着くというのに、恐怖を感じることはなかった。ただ訳もなく肉身が震えた。

杉林が切れると広い河原になり、味方の最後の隊が渡り終えるところだった。

「おう、ええしやこしや！　神女、神女じゃ。神女が河を渡りおるぞッ」

対岸は荒れ草ばかりの廃野である。そこに集結している兵士たちから歓声があがりだした。

「神女はわれらと共に戦うつもりぞ！」

「これで我が軍は勝てるぞ！」

水流に輿を横切らせて来るヒミコに、兵士たちのどよめきは次第に大きくなり、やがて、大群の獣が発する咆哮となって周囲に響きわたった。

ヒミコは金色にきらめく銅剣を天にかざし、その歓呼に応える。すると、感激した兵士たちはいっせいに雄たけびを放ち、神女、神女と口々に叫びたて戈を振りたてた。

その叫び声は、ヒミコを鼓舞する声でもあった。

「矢であれ、石弾丸であれ、何でもこい。われの神力で跳ね返してみせるわ」

と、胸内で叫ぶ。

河の中途まで来たとき、凝然とこちらを眺めているナシメの姿を認めた。全軍の指揮を執る総大将のごとく、派手な模様をつけた兜《かぶと》をかぶり、特製の戈（槍）を手に持ち、邪馬台国の色旗をもたせた従者を控えさせていた。

ヒミコはナシメが低く頭を垂れたのに気づいて、うなずきかえす。


ヒミコの輿が対岸に渡るのを待って、全軍が葦の伸びる河岸にそって東上を開始した。ごつごつした大きな岩の転がる急流地帯に進むと、ナシメは全軍に展開を命じる。これで背後を絶つという配置になるのだ。

「いやでも、兵士たちは突撃するか、死ぬしかないようだ」

兵士たちを気の毒に思う感情が、ヒミコの胸に急に沸いてきた。

「ヒミコ、絶対にムリはせぬぞ。危ういと思ったら、すぐさま引き上げるからな。眼のまえに石や矢が飛び交うようになったら、この場から逃げだすぞ」

と、ウカタが小声でヒミコにささやく。

「平気じゃ、われに矢なぞ当たらぬ」

「ふんッ。神女じゃと思うて、奇跡が起きるのは当然とでも考えおるのか」

ウカタが苦笑いをする。

陣の前側に配置されているのは、弓隊と投石隊の兵士たちだ。その後方には距離を置いて、戈（槍）の刃先を光らせた隊が控えている。

太鼓の音が高まり、敵の動きに呼応して味方の兵も慌ただしい様相を呈してきた。さっきまで横に拡がっていた敵陣の形が定まり、いつでも攻撃の火ぶたを切って落とせる様子になった。

木盾をもった弓隊がだっと前に出る。いずれの兵士たちも気をのぼらせ身震いをし、殺気だって眼を血走らせている。

と、ウカタが、天を指さし、

「ヒミコ、あれを見よ！」

と、ヒミコに声をかける。

見上げると、神の鳥、巨大な純白のオオワシがゆるゆると円を描いて飛んでいる。

「ああしやを！　神の鳥よ、われを見守りたまえ」

と、とっさにヒミコは心のなかで手をあわせた。

太鼓の音が突如やんで、神に勝利を祈る忌矢《いわいや》が飛んでゆく。それを放った兵士の左腕に巻いた高鞆《たかとも》に弓の弦が触れ、ぶーんという快音を轟かせた。

先に攻撃をしかけたのは、狗奴国側からであった。矢と石が空中にわきあがり、みるみるうちにこちらへ迫ってくる。ぶつッ、がつッと矢が木楯に突き刺さり、飛んでくる石が大地を叩きつける鈍い音があたりを圧する。

最も遠くに飛んでくるものでも、ヒミコの位置から十五歩くらいの先である。

「ここは安全のはずじゃが、油断すな！」

と、ウカタが警護の女兵士たちを叱咤する。敵兵の動きを全神経をとがらし監視しているせいか、ウカタは振り向きもしない。

そして、自分も背の靫《ゆぎ》から矢を抜き取って敵に向かって放っている。ウカタの強弓の矢は、どの兵士のものよりも遠くへ飛ぶ。

「さすがウカタじゃ。みごとな腕前ぞ」

と、ヒミコも思わず感心する。

さあっと味方の放つ矢が、敵兵のうえに降りそそぐ。首筋に矢を受けた敵兵が、一人また一人と倒れてゆく。

「射よ！　射よ！」

と、弓隊の女長の鋭い声が四方に飛ぶ。

あっ、と叫んで味方の兵が仰向けに倒れた。脚を射抜かれて呻いている。

敵味方とも相当の犠牲者が出ているが、まだ矢の射合い、石の投げ合いがつづくようだ。ほんとうの決戦は白兵戦となってからであるが、それまでより多くの敵を倒しておかなければならない。

際立った格好をしている狗奴国の王、ヒミクコはまだ同じ位置から動いてはいないようだ。

と、そのとき、天空から神鳥の純白のオオワシが敵軍の真上まで急降下してきて、一転、反転して上空へと戻って行った。

「あれは何じゃ？」

ヒミコはそのオオワシの動きの意味が分からず、ただ天に消えて行くその姿を呆然と眺めた。

石弾を放つ投石具をもった兵士が、何やら怒鳴っている。とたんに、敵の放つ石弾がヒミコのすぐ近くまで飛んできて、廃野の土を跳ね飛ばした。

「ヒミコ！」

と、ウカタが注意をうながす。

兵士を励ます太鼓は、絶えず音高く打ち鳴らされている。

敵側から飛んでくる矢と石弾がめっきり減ってきた。矢が尽きて後方部隊にまわっていた女兵士たちが、前線から負傷者を抱えて運んでくる。チガヤの根の汁を傷口に塗ってやるのだ。それは血止めと、傷口のただれを癒すのに効き目がある。

味方の死傷者も多くなってきていた。

左の後方を視ると、いつの間にかナシメの姿が消えていた。戈をもつ敵の隊が布陣の形を変えようとしていた。

「ささ、来るぞ、来るぞ！」

と、ウカタが怒鳴る。

味方も敵の動きに呼応し、移動を開始している。赤い領巾《ひれ》をつけた長い戈をもち、その先頭に立つのはナシメだった。

「おの！　ナシメぞな、なんと勇ましきことか」

ヒミコも胸が高鳴る。

「いよよ、戈の突きあいが始まるぞ。これからがまことの魂獲《たまと》りの戦じゃ」

ウカタがまた声を張り上げる。

突如、敵陣からわあっという喚声があがった。

「敵《あた》が動いたぞ！」

おちこちから叫び声があがる。

敵軍の中央の一隊が、白い領巾のついた戈を振り立て、浅茅原《あさじはら》を土煙をあげて突き進んでくる。ナシメが先導する味方からも同様の隊が繰り出し迎え撃とうとし、戦場は一気に騒音に満ちあふれた。

「斃《たお》せ！　殺せ！」

兵士たちが絶叫する。

投げる戈を受けて仰け反る兵士、首をつらぬかれてぎゃあっと悲鳴をあげる者。両軍入乱れての攻防となり、いつか荒れ野は血の匂いの甘酸っぱい臭いに満たされた。

もう総力戦だった。苛烈な戦闘が開始された。

ここが勝負時とみなしたのか、敵も味方も次々に新手の隊をくり出し、血気と絶叫の轟く様相となった。

と、この時、ふたたび天空を舞うオオワシが敵軍の頭上に向かって急降下し、一転、翼をひるがえし大空に戻って行った。

ヒミコの脳裏に刹那、何か通り過ぎるものがあった。森の梢から差し込む一条の光線を受けたような感じだった。

「そうか！」

と、ヒミコはオオワシの示唆する意味を悟ることができた。

「ウカタ、われと来よ！」

そうウカタに指示を出す。

女兵士が二人、これに加わり、藪に隠れて前方の丘をめざして小走りになる。

この程度の人数であれば、敵に気づかれることもないだろう。

女兵士を丘の下に置いて、ヒミコはウカタと二人だけで低い丘の頂上までよじ登る。ここからだと狗奴国の軍のほとんどが見渡せる。王のヒミクコの姿も明瞭に見てとれる。

あの王には激烈な呪詛のカシリをかけてある。

「ウカタ、弓を構えよ」

ヒミコの言葉に、ウカタもそれと察してヒミクコに向けて弓を構えたが、すぐに、

「ここからだと遠すぎる。われの放つ矢では、とてもあそこまでは届かぬ」

と、諦めた口調で言う。

「大丈夫じゃ。われが助《す》ける」

ヒミコが力強くいうと、ウカタは、

「まことじゃな。汝が神女の神力で矢を飛ばすのじゃな」

「そうじゃ」

「よし！」

と、ウカタは弓を引き絞る。

ヒミコは全身の真気を胸の一点にあつめる。

「放てッ」

ウカタが矢を放つ。

矢は小石の飛ぶごとく、まっすぐ目指す目標に向かって飛んで行く。それはけっして途中で勢いが落ちることなく、最後まで同じ速度を保った。

「おおッ、敵の王を射たぞ!」

と、ウカタが喚声をあげる。

見ると、敵軍の王がふいにぐらりと傾き、周りの兵士が慌てて駆け寄っている。

「やったぞな!」

と、ヒミコも声をあげる。

軍隊も人の身体と変わりがない。頭を取られると、もう身体は成立しないのだ。

案の定、狗奴国の軍に衝撃が走り、少しずつ退却を始めた。

敵の王も兵士に抱えられて退いて行くのが見える。味方の軍とのあいだが開きだした。

その敵軍の様子に、味方の邪馬台国の兵士たちは、一瞬、

「何事が起ったのか?」

と、戸惑い、うろうろしている。

その間に、狗奴国の軍は一斉に退却を早める。それと気づいた邪馬台国軍が、雄叫びをあげて敵を追い始めた。

勝負は決した。

ヒミコは大空を見上げ、悠然と舞っているオオワシに感謝した。

……ヒミコはウカタと共に戦場に続く道を下り始める。

敵国の王をウカタの弓が倒した、ということが知れ渡ったようで、味方の兵士たちは二人を歓呼の声で迎える。

だが、ヒミコは戦場に足を進めるたびに愕然となった。眼の前のむごたらしい光景はヒミコの想像を絶するものだった。

両手をあげ虚空をつかんで絶命している兵士や、仰向けになって腸《はらわた》を出して死んでいる兵士が、戦場の原野いっぱいにごろごろしている。大地は戦死した者の血でどす黒くなり、頭や手足だけが転がっているところもある。

ヒミコの顔面を奇妙にねばねばしたものが張り付き、胃の腑を生臭いものが突き上げてきて、何度も吐きそうになった。

「ええしやこしや（なんてことだ）！」

と、ヒミコは呻いた。

「こんなにも多くの人間が死んでしまっている」

ああ、と思わずため息が出た。

人生三十年の天寿も満足に生き切ることなく、こうしてまた多くの人間が、まだ死ぬ時でないのに死んでいく。

（この兵士たちも最後の最後まで、生きたい生きたいと祈って戦っていただろうに……）

このような十代、二十代の若さで、中途半端な死に方をすれば天の怒りを買うのみならず、人間の内部にいる本魂も嘆くばかりなのだ。

「天寿、三十年の人生を全うしてこそ、完全な人と成るもの。それがこうして戦で、おのれの意思にかかわらず死ななければならず、人と成るまえに終わってしまう。戦ほど悪しきものはない」

ヒミコの眼に、いつか見た親を亡くし家をなくして、夕方まで大広場に居残って、他の子どもに虐めにあっている女の子の姿が浮かびあがる。

……………………

親のない子は　夕陽を拝《おろが》む

親は夕陽の真ん中に

……………………

「この戦で、またあのような不幸な子が多く出るのか……」

こうなったのも、すべて自分のせいのように感じられて、冷水を浴びせられた心境になった。

「われは何故に、神女にまでなったのか？」

ヒミコの胸に疑問が沸く。

そして、同時に思い至った。

「神の力を発揮できる身になったのは戦に勝利するためでなく、このような悲惨な戦を止めるためではなかったか？　それが天から与えられた神女としての、われの使命ではなかったか？」

「なんとしても、われは天から与えられたおのれの責務を果たさねばならぬ」

ヒミコは胸のなかで幾度も、そうつぶやくのだった。


狗奴国に勝利した祝賀の行事が、国をあげて盛大におこなわれた。

「しえや！　これでわが国はこの倭国で最も強い国になった」

と、重臣たちは口々に言い合った。

誰も彼もが高揚感につつまれ、みんな酔い痴れたような顔になっていた。

そして、勝利の立役者であるヒミコに対する評価も異常なものになった。

ウカタまでもが、

「ヒミコ、とんでもないことになったぞ。汝はもう日輪の大神の神語をつたえる神女ではなく、日輪の大神そのものだとして崇《あが》められるようになったぞ」

と、言い出す始末だった。

それを耳にして、ヒミコは空恐ろしくなった。

（われを日輪の大神と思うなぞ、もし、そのことを大神が知ることになったなら、どれほどお怒りになることか）

そう思うと、ヒミコは押しつぶされそうな心地になるのだった。

戦の騒ぎが収まったそんなある日、ヒミコは王のシホヒコに呼ばれた。

シホヒコは寝たり起きたりの状況で、その衰弱ぶりは一段とひどくなっている。

シホヒコの前には重臣たちがずらりと居並び、王の両側にはナシメとニシキオリメが座している。

ヒミコは神女としての正装である。

青、黄、白の織り分けられた入り子菱文様の倭錦の衣をはおり、胸に古志（越）にしか産出しない深緑色の翡翠《ひすい》の大珠や碧石、紅玉、黒玉をつないだ胸飾りをつけ、両の手首には貝輪をはめ、額には小さなガラス玉を結んだ飾りを巻いた。髪には朱塗りの長い木櫛をさしている。

「今日は、みなに告げおくことがある」

と、ふらつく身体をやっと抑えながら、シホヒコは告げた。

「わしの王位を、ヒミコに譲ることにする」

とたんに、重臣たちから、

「おの！」

「あな！」

「しえや！」

と、賛同する声があがる。

ニシキオリメは満面の笑みを浮かべ、それに対してナシメは苦虫を噛み潰したような表情《おもて》になっている。

「よしか、みなのもの。ヒミコは神女であるが、今後はこの国の王になるのだぞ。さように心得よ」

シホヒコは病人とは思えぬ、入れ墨の鯨面《げいめん》の顔を突き出して強い威厳のある声で告げた。

誰も異議を唱えぬのは、明らかにヒミコがこの度の狗奴国との戦で、勝利の女神になったからに違いなかった。

「ああしやを！　王は、この機会を待っていたに違いない」

ヒミコは胸内で、そう思わざるを得なかった。

「国の王ともなれば神女の責務に加えて、さらに重い任務を負うことになろう。神女であれば大災害などで国が被害をこうむったときは、それは神女がその責務を放棄したものと看做《みな》されるが、それだけでなく……」

「たとえ、戦に負けてすべての民が敵の奴婢にされても、神女の王がおれば自分たちを必ず救いだしてくれる、と常人たちは考えるに違いない」

「それと、国の王であれば他国との戦で敗北でもしたら、その罪を自分の命で償わなければならない」

ヒミコはおのれの運命の厳しさを思うと、身震いするような気持ちにならざるを得ないのだった。

西暦二三七年六月、ナシメの一行が大陸(中国)にある大国、魏《ぎ》の国へ出立した。

邪馬台国は倭国では強国であるが、さらに後ろ盾を得て、その権威をもっと強力なものにしたい、という思惑があった。

いま大陸では、呉《ご》、魏、蜀《しょく》の三国での戦いとなっているが、その中でも大陸の中原を制するのは魏国であろうと言われていた。

曹操《そうそう》が創建した魏国は、今は三代目の皇帝が支配し、その威風はこの倭国まで伝わっていた。

邪馬台国は他の小国との連合国家をつくりつつあるが、もし、魏国の権威がその背後にあると知れば、ますます連合に加わりたいと申し出る国も多くなるであろう。

ヒミコも、

「そうなれば、どの国もわが邪馬台国を恐れるようになる。しからば、もう戦を仕掛けてくるような国もなくなるにちがいない」

と、魏国に朝貢することに賛同したのだ。

「あのような悲惨な戦だけは、なんとしても避けねばならぬ」

それが今やヒミコの信念になっていた。

荒波狂う大海を航海するのは命懸けであり、その安全を期するために持衰《じさい》を船に乗せた。持衰は精進潔斎をし、その持っている神力で、船を目的の港まで無事に運行させる必要がある。さもないと、自分の命を代償として犠牲に供さなければならない。

魏国に朝貢《ちょうこう》するために、邪馬台国は多くの品々を用意した。

男の生口《せいこう》（奴隷）四人、女の生口六人、絹の布二匹二丈、……。

ヒミコは旅立つ一行の渡航の成功を祈って禊をおこない、榊を打ち振り大神に祈願した。

ナシメの一行が無事に大陸に着くことを祈るうちに、やがて、新年になった。

ヒミコは邪馬台国の王となり、時折、神殿から宮殿に身を移して、その任務を遂行した。

新年の朝、山より切り下された大木が、大広場にでんと立てられた。先端には木の鳥をのせて鳥居とした天の御柱である。

家々の戸口にはチガヤを数本ぶらさげた山蔓の尻くめ縄（シメナワ）が張り渡され、室内には木の割りかけの飾りが豊作を願って土壁に差し込まれる。効験のある新年の尻くめ縄は、その両端は切らずに垂れ下げてある。侵入しようとする悪霊、悪鬼を縛りつけるこのシメナワは、雌と雄の蛇がからみあう姿を示し、冬眠から目覚めて動き出す蛇の様態は、再生される命をあらわす。

そんな生物の霊《く》しびな生命力に、ぜひあやかりたいと熱望する思いを形作ったのが、この尻くめ縄なのだ。

さまざまな予祝《よしゆく》の行事もおこなわれる。その一つが、新年になった朝、日輪に三度拝礼し、神聖で特別な生井《いど》にオチミズ（変若水）汲みに出かける。

オチミズは神のチ（神威）の鎮まった、田畑に新たな生命力を与える聖なる神水なのだ。それはこの日の朝だけ、海の果つるところにある常世から、新しい水が重波《しきなみ》となって海岸に打ち寄せ、河をさかのぼり地下を抜けて生井に沸き出ずるのである。

民人は変若水（オチミズ）を汲むと、これを使って赤米の粥《かゆ》をつくる。この粥を食して自分の内の古い分魂をあの世に送りだし、新たな魂を呼び込むのだ。新年には人の分魂ばかりではなく初日の陽光は家に新霊をこもらせ、ムラ全体を祖霊によってよみがえらせることができると考えられていた。

神女であるヒミコにも、重要な祭儀をおこなう役目がある。「ミタマノフユ（御魂の増ゆ）」という特別な祭儀である。

この「ミタマノフユ」は、人間の本魂につく分魂を模様替えする神の儀式であり、それは神殿でおこなわれることになる。

本魂は幸魂、荒魂、和魂、奇魂の四つの分魂を備える。

それらの分魂は一年の四季を終えると衰弱し、疲弊し、生気も衰えてくる。手足となって働く分魂が衰えてくると、当然、親の本魂の活力にも大きく響いてくるのだ。

「ミタマノフユ」は、神女の神力によって特段の祭儀をおこない、外来魂（マナ）を招聘し新しく切り替えをおこなうものなのである。くさぐさの分魂を身体の内部にしっかり付着できないと、邪霊に取り憑かれ心悪しき者となってしまう。

その日の早朝、重臣たちは神殿に集められた。ウカタも加わり、ヒミコを頼もし気に眺めている。

小銅鐸、太鼓、土笛を手にもつ祝女を背後にひかえさせ、白い領巾《ひれ》をうなじにかけて後ろに垂らしたヒミコが、白和幣《にきて》を結んだ賢木《さかき》を手に持つ。額に緋《あけ》のかずらをつけ、白衣をまとい管玉や勾玉の胸飾りをつけ、さらに身体、影、精神の三つに分離する形神影となる小銅鏡を下げる。ヒミコは独特の抑揚と律動をともなった調子で呪言を唱え、一心に賢木をうちふる。

やがて、賢木の先のひらひらする聖なる依《よ》り代《しろ》に、神が天降《あも》りするその時がやってくる。

祝女たちがそろって声を張り上げる。


ああしやを！

神の真玉の真声となって

人をつくり　獣をつくり　草木をつくり
天を震わせ　地を震わせ
千年を照らし　万年を照らし
サリーッ　お願い申す

と、神女の唇から呻きとも唸り声ともとれる響きがもれ、いびきとも見まごう喘ぎ声が出て、ついで突き上げるような獣じみた絶叫が発せられ、ヒミコは全身をふるわせて神がかりする。腰まで伸ばした黒髪にびりびりと神気が伝わってくる。

鎮め子となった祝女たちが、手玉、足玉をふるわせて舞いだした。

神儀を終えたヒミコの顔には、あざあざと疲労の色があらわれ、びっしょり水を浴びたように濡れている。

重臣たちの肉身の動きにも精気がもどり、ウカタも分魂が新しくなったせいか、頬を染め、今にもひょいと飛び上がりそうな気配になっている。

「われの神力も天神を凌ぐものになったようだ……」

さすがにこの時は、ヒミコも誇り高ぶる気持ちになり、居並ぶ重臣たちを傲然と見下ろしたのだった。

第五章　天神になったヒミコ

西暦二三七年十二月に、ナシメの一行は魏国の帯方郡《たいほうぐん》の太守らを伴って帰国した。

倭国としても初めての海外からの使者であり、国の民、全員での歓迎ぶりだった。

山の幸、海の幸と豪華な料理が提供され、赤米でこしらえた神酒までふるまわれた。

ナシメはヒミコに皇帝との接見の場を、こう報告した。

「魏の国の皇帝は、かく申しておりました」

「汝の国の王は女人であるのか。しかも、鬼道（神術）を用いて、よく民を導くとなｍ。まさに天神のごとき王でもあるかな。さような王は、この大陸の国々のいずれにもおらぬ」

その言葉を耳にしたヒミコは、

（魏国の皇帝が、われのことを天神のごときと申した……）

ヒミコは胸が熱くなり、酔ったようになった。

魏国の太守は、邪馬台国の王、ヒミコに対し、

「天神のごとき王に拝謁いたしまする。お目にかかれて、光栄に存じまする」

と、三拝、九拝と礼を尽くした。

皇帝はヒミコに「親魏倭王」という称号を贈り、加えて金印紫綬《きんいんしじゅ》を与えた。

さらに、その贈り物も豪勢なものだった。

白絹五十両のほか、驚くばかりの色彩豊かな多くの反物類、金八両、五尺刀二口、銅鏡百枚、真珠、鉛丹各五十斤などである。

また遠路はるばる魏国を訪れてくれたその労をねぎらい、ナシメにも率善中郎将《そつぜんちゅうろうしょう》の称号と銀印青綬《ぎんいんせいじゅ》が与えられた。

大陸の大国の後ろ盾を得た邪馬台国の権威は、近隣の国々に強い影響を与え、連合に参加する国がみるみるうちに増加した。

「我が国は、この倭国の最も強大な国になりました。これもやはり天神のごとき王がおられるからですぞ」

と、ナシメは魏国から贈られた黄色の旗を見上げながら口にした。

ヒミコもそう言われると、悪い気はしない。

(われは天神と等しき者なのだ!)

と、しだいに、自分自身も、そのことが当然のごとく思われてきたのだった。

新年には同盟国の王たちが集められ、祭儀が盛大におこなわれた。広形の銅戈、銅鐸、銅剣が並べられ、祭壇には五百枝《いほえ》の榊、神酒、塩、赤米が祀られた。

同盟の各国の王たちは、ヒミコの前で仰々しくひれ伏し、

「邪馬台国の王に拝謁でき、恐縮しごく……」

と、述べ立てた。

ヒミコは泰然として座し、その王たちの口上を受け取った。

王たちは右手に楯、左手に剣を持ち、銅鐸を叩く音にあわせて舞い、同盟を祝った。

さらに、数年後、魏国の皇帝は使者を派遣し、金、錦、環頭太刀、銅鏡、貨幣、ガラス製の璧《へき》などの品々を、ヒミコに贈った。それは如何に魏国の皇帝が、ヒミコという神のごとき王を認めているか、という証でもあった。

ヒミコも倭国からの使者を派遣し、皇帝に生口（奴隷）、和錦やさまざまな布類、丹《に》、木製の道具類、短弓などを献上し、謝意を伝えた。

ナシメはたまに神殿に顔を見せ、うやうやしくヒミコを仰ぎながら、

「もう、我が国に敵対する国は、狗奴国以外ありますまい。あの国だけは王が傷つけられたことに復讐を誓っているそうですから。まったくおのれの力も考えず、執念深い奴らです」

と言って笑っていた。

邪馬台国の前の王、シホヒコが亡くなったのは、その年の秋のことだった。

もう王ではないので、盛大な葬儀は必要ないのだが、ヒミコはシホヒコが天寿を全うしたことを祝い、邪馬台国の王としてふさわしい殯《もがり》（葬儀）をおこなうことにした。

それはニシキオリメからの要請でもあった。

国の各所にはこの国の前王の死を悼み、毎夜、鎮魂のための灯火が点された。シホヒコの亡骸を埋葬する墓には、西の里山にある深い岩穴を選んだ。岩穴はこれを塞ぐと、外界の光がすっかり遮断され、この洞窟は今生と後生とを繋ぐ魂の通り道となるのだ。

朱丹で赤く上半身を染めた兵士が、銅戈をもって先頭に立ち、その後に内側を朱色に塗った棺が赤と青の旗に護られてつづいた。

岩穴の前では銅戈を手にもつ将兵が居並び、しきりに戈をうちふって鬨《とき》の声を放ち邪気を払った。

棺のなかには銅剣、銅鐸、銅鏡、管玉や勾玉類、木製の短甲、銅戈、弓と矢などが入れられた。

遺体には、

「魔物になるな！」

と、ニシキオリメの手によって、赤米と魔除けの辰砂《しんしゃ》が振りかけられた。

「カ〜ン、キ〜ン」

と、祝女たちが銅鐸をうち鳴らす。

弔鐘となるその音は、死者に別れを告げる音である。

生者がたんに死者となるのではない。肉身の世から永遠の世へと落ち帰りゆくのである。

心臓を震わせるような銅鐸の音を聞きながら、ヒミコはシホヒコの棺のまえで、つくづく想うのである。

（考えてみれば、われが生まれた時、父親のこのシホヒコが「この赤子を神女にしよう」と決断しなければ、われの運命もまるで違ったものになっていたはずだ）

果たして、いずれの道が正しかったのか、今となっては、それは不明のことだが、

（ただ、天神と仰がれるこの立場になれたことだけは、この父親に感謝しなければならないだろう）

ヒミコには、そう素直に思えるのだった。

シホヒコが亡くなった後、ヒミコはいっそう王としての雑多な執務に追われるようになった。

国の王は重要な行事だけに出て、あとはただ宮殿の高座に座って鷹揚《おうよう》に構えておればよい、というものではなかった。シホヒコがいなくなって、初めて王のしごとの煩わしさが、嫌というほど肩にのしかかってきた。

今までヒミコが知らないところで、王としてやらなければならない多くの執務を、シホヒコが代わりにやってくれていたのである。

（王たる者が、こんなことまでやらねばならぬのか）

と、思わず嘆きたくなることもある。

いつか、ヒミコは王としての任務が堪えきれぬものになってきた。王としての務めを果たせば果たすほど神女としての責務も疎かになっていくのである。

王としての仕事か、それとも神女としての仕事の、いずれが大事か頭を悩まさなければならない。

そんな状態で新年を迎えると、いちどきに身体がいくつあっても足りない状況になった。

（われは今、人々から天神さまとさえ崇められておる。それなのに、この有様はいったいいかなることか……）

もうなにもかも嫌になって、すべてを放り出したくなってきた。

ついにヒミコは宮殿には行かず、神殿の奥にひきこもるようになってしまった。

疲労困憊《こんぱい》し誰とも会わず、誰とも話したくなかった。

（われは天神さまらしくしておればよいのじゃ！）

ヒミコはそう居直る気持ちにさえなってしまう。

だが、冬至の日がくると、

（神女、日輪の大神にとって大切な日ですぞ。このコトにだけは顔を出さねばなりますまい！）

と、祝女たちからやかましく責め立てられ、とうとう腰を上げざるを得なくなった。

冬至の行事をおこなう石組みの聖所がある祭祀広場は神殿の東にある。

小広場には石を並べた大きな輪がぐるりと二重に設えてあり、輪の中心には石の神のチ（神霊）の鎮まる神座となる太い石柱がずんと立っている。

石柱の根本からは長石が放射状に伸びて神聖な結界を作っている。神女はこの輪の中に立ち、冬至の行事を見守る。

稲作の祭儀では田植え、雨乞い、禍虫《まがむし》の祓いが重要なものであるが、何よりも一年中を通して照らしてくれる日輪の活動が大切なのである。

冬至の日になると衰えてくる日輪がこのまま衰退してしまったら大変なことになってしまう。なにがなんでも、またその勢いを復活させて作物を育ててもらわなければならない。

ヒミコが石組みの輪の中に立つと、祭祀広場に集まっていた常人たちが、そろってヒミコに向かって跪《ひざまず》き、両手を合わせ手を拍《う》って、二度、三度と拝礼をした。

（われのことを単なる神女ではなく、天神と信じ込んでおる……われは人から神女に、そして、今や神女から天神と呼ばれるまでになれたのだ！）

この考えが、ヒミコにほとんど恍惚感といってよい充実した思いをもたらした。

神女はあくまで人間である。であれば、あくまでその立場は日輪の大神の代理者であって、所詮、大神の崇拝者でしかありえないはずだ。

（それが今や、われの存在は日輪の大神に等しき者、いや、あるいはそれを超える天神になっているのかも知れない）

（これもすべて神にも定められぬ特別な宿命《さだめ》を、われが与えられているからに違いない）

ヒミコは身体がしびれるほどの満足感につつまれ、ぼうっとなった。

弓を持った兵士が八人、ヒミコの前に一列にならび、東の空にある弱弱しい日輪に向かっていちどきに矢を放った。

八本の矢は勢いを増して上空に飛んだが、やがて大気に遮られて反転し、ばらばらと落ちてくる。

やがて、祭祀広場の一角からナワでこしらえた日輪を象《かたど》った大きな輪が、数人の若者たちによって掲げられ運ばれてくる。これは今ほど射落とされた日輪なのである。

石槍をかかえた兵士たちが、ヒミコに同意を求めるように視線を向けてくる。

（これから日輪の大神は、完全に殺されてしまう……哀れなものじゃ）

宇宙のあらゆる生命は、一度死ななければ新たな生命を得ることはできない。日輪といえども例外ではないのだ。

ヒミコは自分が、つい日輪の大神を見下す立場にあることを自覚した。

威勢のよい掛け声とともに、日輪の大神を示すナワの大輪が空に放り上げられ、兵士が奇声を発しながら、その大輪を石槍で突き刺した。

（あの日輪の大神が死んだ！）

「弱い太陽《ひ》は死に、これからはまた強い太陽になって田畑を照らしてくださるぞ」

常人たちのあいだからは、そんな喜びの声が聞こえてくる。

とたんに、ナワの日輪の大神が、突然、真っ赤になって光りだし、一時、ヒミコの眼は鋭い光線につら抜かれた。

ヒミコはあっと叫び、右手で胸を押さえて倒れそうになった。

胸が焼けるように熱かった。何ぞと思ってそこを見ると、まっかなアザが浮き出ていた。

ヒミコは空恐ろしくなり、身体をふるわせ奇怪な叫びをあげた。

この冬至の行事が終わってから、ヒミコは身体の不調がひどくなり、神殿に閉じこもるようになった。独りだけで奥室に横たわって過ごすようになり、祝女たちさえあまり寄せつけなくなってしまった。

（こんなふうになってしまったのは、われが日輪の大神を見下したことで、大神の逆鱗《げきりん》に触れてしまったのだろうか？）

（まだこの世に生きる身の神女でしかないのに、おのれを天空に存在する神と称するなど驕《おご》りたかぶった、それに対する大神の懲らしめなのか？）

ヒミコは自分の肉身が、一段と小さくなって軽くなったような気がした。神女としての神力も徐々に衰えていくように感じられた。

知らせを聞いて飛んできたニシキオリメは、

「ヒミコ、安心するがよい。国の王としての任務は、汝の代役としてナシメにやってもらうよう頼みますからの」

と、ヒミコの肩を叩いて、そう告げた。

ヒミコはたんに神殿の奥室に隠れているのではない。大神の眼から隠れているのだ。ぴたりと動きをやめることで、大神の視線から逃れようとしているのだ。

（われは日輪の大神に対し、大きな過ちを犯したのだ）

（いかにしたら、その過ちを償うことができるのか？）

昼となく夜となくその自省が心を占め、ヒミコはおのれを責めた。

そんなある日、驚天動地の出来事が起こった。

皆既日食が起きたのは、九月五日のことだった。

祝女たちが慌ただしく駆け込んできた。

「神女、神女！」

「大事《おおごと》です！　日輪の大神が黒き魔物に食べられておりまする！」

祝女たちに引きずられるようにして、神殿の外に連れ出された。

空を見上げて、ヒミコは肝をつぶした。

（まことじゃ！　日輪の大神が黒き魔物に食われておるわ！）

日輪の丸い輪は、少しずつ欠け始め輝く光が弱まってきている。

こんなことは今まで聞いたこともない。まさに、前代未聞のことだった。

（これもわれの罪《とが》のせいか……）

日輪が魔物に害されるということは、日輪の大神に憑依されて神女になったヒミコ自身が、そのまま害されることでもある。

日輪を食う黒き魔物は手を緩めず、あたりの明るさが失われていく。大空いっぱいに輝いていたはずの日輪が完全にその姿を消そうとしていた。

日食を直視していたヒミコは、ふいにぐうっと心臓が締めつけられるのを覚える。

「ああ！　ええしやこしや（どうしたものなのか）！」

という神殿を守護する兵士たちの嘆き声が、どっと沸き起こる。

ヒミコはもう息をすることができず、はぁはぁと喘ぐ。すぐにも心臓が止まりそうだった。

今や黒き魔物に食われた日輪の残骸が、天空に残っているだけだった。昼が夜になったようだった。

「なんということぞ。この世からお陽《ひ》さまが消えてしまった!!」

常人たちの泣き叫ぶ声が響きわたり、その泣き声がさらに人々の恐怖を誘った。

（もう永遠に、あの明るい世は戻らない!!）

その驚愕に打ち倒されるかのように、突然、ヒミコは仰向けに転倒し気を失った。

皆既日食に見入る常人たちも、つぎつぎと倒れていく。まるで何か稀有の悪病にでもなぎ倒されるかのように……。

神殿に運ばれたヒミコは、床についたまま起き上がることができなくなった。神女としての神力ばかりか、身体中にこもっている真気まで抜けていく。人としての活力もすっかり奪われてしまった。

「神女、お喜びくだされ。日輪の大神を食べておった魔物が去り、大神はまた輝きを取り戻しましたぞ」

やがて、祝女たちがそう報告しても、ヒミコの耳にはその言葉はまったく届いておらぬようだった。

邪馬台国の王が倒れたという事実は、たちまち国中や近隣にひろがった。

「この国は、いったいこれからどうなるのだろうか」

という焦燥と不安が重臣たちのあいだに広まった。

「おの！　王が亡くなられたようだ……」

こんなウワサまでが常人たちに囁かれるようになった。

ヒミコはひそかに呼吸をして生きているに過ぎなかった。誰に対しても何に対しても、まったく反応を示さないようになった。

ニシキオリメがそんな状態のヒミコの手を握りしめ、眼に涙を浮かべ、こう呟いた。

「ああしやを！　われはまことに悔やんでおる。汝を神女なぞにするのじゃなかった。神女になるために人には出来ぬ荒きコト（修行）をやり、神女になったらなったで、これもまた難儀なコトをやらねばならなくなった」

「哀れなことぞ。不憫《ふびん》なことじゃ。神女なぞにならなければ、そこいらの娘のように、今頃は毎日笑み笑みとした幸ある日々を送ることができただろうに……われを責めよ。汝を神女にしようなぞと、われが考えたのが、そもそも誤りなのじゃ。……ヒミコ、われを許せ、許しておくれ」

クヤとウカタも代わる代わる顔を出して、ある日、ウカタはヒミコを諭すように言う。

「ヒミコ、汝は国の王としての務めも、神女としての務めも、もう充分果たした。もう良い。汝はもう何もせずとも良い。これからはゆっくりと静養し、肉身を労《いた》わるがよいぞ」

ヒミコは思わず、ウカタの手を握りしめる。瞼に涙が溢れそうになった。

頭が濃霧に覆われたような状態になって、すっかり無気力になってしまったヒミコに、少しでも肉身に真気を吹き込もうとして、祝女たちは順番に神殿の外に出て、村々の状況を懸命に報告してくれた。

ヒミコが聞いていようといまいと、どうでもよかった。

(神女の心にだけは届いているはず)

祝女たちはそう硬く信じ、季節がどれほど変わっても、ヒミコの傍らに来て、あれこれと世間の変化を伝えようとする。

「大広場には天の御柱が立てられました」

新年の行事である。山より切り降ろされた大木が、広場の中央にでんと立てられ、先端には木鳥を乗せて鳥居とした神の柱である。

（ああ、新たな年が始まったのか……）

ヒミコは祝女の言葉を胸で受け止める。

（……ムラの家の戸口には、チガヤを数本ぶらさげた山蔓《やまつる》の尻くめ縄〈シメナワ〉が張り渡され、室内には木の削りかけの飾りが、豊作を願って土壁に刺し込まれることだろう）

「南のムラでは、早々にミト田がつくられました……」

と、祝女が伝えてくれる。

（ああ、春が始まるのか……）

ヒミコの胸の内で、春の作業や行事の光景が浮かびあがる。

田植えの神事をおこなうミト田は、山から最初に水を入れる神聖な田である。神田の証としてそこには榊が植えられ、常人がやたら足を踏み入れることは禁じられる。

水を張ったミト田の入口のところには、神酒、干し肉、魚、果物、赤米飯なぞの供物が、祭儀用の特殊の高坏《たかつき》に盛られ祀られる。そして、畔に立てられた木柱には、田の神の案内役となる木鳥がとまっている。

（……これからムラ人たちは飯もろくに食べることができないほど忙しくなる……）

新たな祝女が別の報告にきた。

「温かくなって、大広場には家や親のない子供たちが寝泊まりするようになりました。これまでよりも人数がぐんと増えたようです。可哀そうに……」

ヒミコには飢えて広場をうろつく、子供たちの様子が眼に浮かぶ。

「そんなにも孤児《みなしご》がたくさん出るのは、国同士が争いをやるせいだ。争いで親を死なせるからだ。戦争をする大人、国が悪い……」

ヒミコの脳の内で、突然、複雑な感情が入り乱れる。

ヒミコは自分の肉身が量子と化して、すごい速度で時間に乗って流れて行くように感じる。それでいて、意識だけが独立した生き物のように、冷静に働いているのを覚えるようになった。

季節が変わったらしく、祝女が新たな報告をもたらしてくれた。

「神女、北のムラではもう稲刈りが始まったようですぞ」

ヒミコは、はっとなる。一時的に意識が途切れていたようだ。

（……もう、秋なのか）

赤米は反収四十束前後の収量である。

ムラ人には稲刈りの季節になると、さまざまな禁じごとがある。

稲刈りが終えるまで、夫婦は同じ床で寝てはならない。それと高い山から下りてきて稔りをもたらしてくれる稲魂《いなだま》さまは、すごく神経質な性分なので大声を出したり、田のまわりを走りまわったりして驚かせてはいけない。

（……秋の稲刈りの季節には、人々はずいぶんと難儀な目に遭わなければならない……）

こうして、たちまち日数は過ぎ去り、ふたたび弱い陽の時期がやってくる。

木枯らしが吹きだすと、ムラの人々は新たな仕事に取り組むようになる。

女たちの主な冬仕事は、土器を作り機織《はたお》りの作業である。

機は原始機なので各部分がバラバラになっており、それを組み合わせて使う。両足で一方を抑え、もう一方は腰に巻いて安定させる。横糸を通す竹製の道具を器用に使って布を織る。幅が二アタ、長さ十アタの布を織りあげるのにかなりの日数がかかる。

ヒミコにはムラ中に響く、その機織りの音がのろりと聞こえてくる。

(のどやかな、平和を知らせる音なのだ……)

この音が響いているうちは、ムラの生活は穏やかなものになっているはずだ。祝女たちからの日常の報告も、しだいに無くなってきていた。

時間が透明になって消えてゆき、あるのは今だけで、すべての時間が収縮したような感覚になった。

時間が無となるそんな日々を打ち壊すように、ある朝、祝女がけたたましい声をあげて飛び込んできた。

「神女、トコヒ(呪詛)、トコヒですぞ!」

と、ヒミコの身体を乱暴に揺すぶる。

「北の黒山の麓にある松の枝に、トコヒを示す荒縄が十数個かけられてあったそうです……恐ろしいことじゃ」

「小さな輪と大きな輪とが重なりあう形で、この国を亡ぼすという意味じゃそうです」

「また狗奴国の奴らに違いありませぬ。あの国は最近、我が国が魏国と連盟を結んだことに対抗し、同じ大陸の呉の国と手を結んだとのこと」

「執念深い奴らです。まっこと始末の悪い国でありまする」

「戦になります。また戦が始まりまする。いや、もう敵の大軍が東の野に押し寄せてきているということですぞ」

口々に祝女たちが、ヒミコの傍らで言い立てる。その祝女たちの声が切れ切れに入り乱れて聞こえてくる。

（そのようだ。戦を告げるトコヒのようじゃ！）

と、ヒミコは心の内で叫ぶ。

邪馬台国と狗奴国は、いずれ最後の勝ち負けをつけなければならない時がくるはずだった。

すると、突然、胸の奥底から、

(ヒミコ、戦場に出でよ！　戦場に出て、殺し合いをやめさせよ！)

頭の中を一瞬、清澄にし、全身を揺さぶる天啓のごとき声だった。本魂が発動し、ヒミコの脳の中の潜在意識に干渉し、大神の意志を伝達してきたのだ。

ヒミコは応える。

「ムリじゃ。戦場になぞ出れるわけはない。今のわれには神女の神威どころか、人としての肉身のもつ力すらない。ムリじゃ」

すると、本魂の凄烈《せいれつ》なる声がひびく。

(ヒミコ、起きよ！　起きて、汝が成すべきことを成すのじゃ！)

「しかあらば、問う？　すでに戦になっているのか？　それとも、いまだ戦にはなってはおらぬのか？」

(いずれの事態も起きていることぞ。いくつもの世界《よ》で平行して進行していることなのじゃ。神女としての眼で観測してそれを見定め、この世の現実のものに再

生、確定させよ。そして、そのまことの世に汝は転移し、この事象を収縮させせよ)

「収縮？　曖昧模糊《あいまいもこ》たる状況を確定せよ、と申すのか？　われにそれが出来るのか？」

と、ヒミコ。

(……できる。神の娘の眼をもち超能力のある汝にしか、外界の事象を変えることはできぬ)

「まことか？　われが視ると、戦場の揺れ動いている今の状況を鮮明に確定することができるというのか？」

(できる！　汝が月を視ようと意識するからこそ、月が視える。汝が強く〈心力〈念力〉を解き放つことによって、今までなかった月を大空に出現させることができる。それと同じことぞ)

「われにしか見えぬ月？」

(そうじゃ。そなた以外の者が視る月、あれをマボロシぞ)

「………」

（そこゆえ戦場のまことの現実も、神女であるそなたにしか視えぬものなのじゃ）

本魂の確信した声がとどく。

瞬間、頭の中のもやもやが清流に洗われたかのごとく消え去っていく。

やや の沈黙の後、本魂は大声でこう告げた。

（ヒミコ、よしか。われは日輪の大神の尊き強き願いを受容し、戦場での争いを終結させるための稜威《いつ》なる神力を、汝の肉身に与えようぞ!!）

と、その言葉が終わったか否かの瞬間、ヒミコの全身に潮が満ちるかのように活力が戻ってきた。脚に腰に腕に首に肩に、神通力《じんつうりき》が復活してきたのだ。

（なんと、不可思議なことぞ）

ヒミコは決意する。そして、見えぬ神の手で、するりと立ちあがることができた。それを見た祝女たちが仰天し、

「しえや!!」

「おわッ！」

と、うろたえる。

その様子を見て、ヒミコは祝女たちに告げる。

「いざ、戦場に出ようぞ」

ヒミコが戦場に出るという知らせを聞いて、ニシキオリメが血相を変えて神殿に飛び込んできた。

「ヒミコ、何を考えおるか！　戦場に出たら今度は生命《いのち》をおとすことになるぞ！」

「………」

「まさか、そなた。戦場に出てそこで死んだならば、それでまことの天神になれる、と考えておるのか？」

だが、結局、ヒミコはニシキオリメの説得にも耳を貸そうとしなかった。

……………………

ヒミコは手際よく戦場に向かう支度をする。まるで何かの手で動かされているような仕草だった。

髪は男の髪型に変えることにする。

原初以来、神に仕えるものは男女二つの性を持つ双性であり、性の転換はしばしばだった。

聖なる水で髪を洗い角髪《みずら》に束ね、左右の腕にはゴホウラ貝の玉釧《たまくしろ》を二個はめ、首と脚には琥珀《こはく》の玉をつけた赤絹の領巾《ひれ》をまき、胸には日輪の大神の象徴である大型の神鏡を下げた。

「あな！　ほれほれとした姿ぞ！」

と、祝女たちが賞賛する。

その祝女たちの髪も角髪にする。彼女らは額に日輪の大神、日の丸印のハチマキをし、風を支配する霊力をもつワシの羽を頭にかざし、幾何学模様を描いた赤《あか》塗《ぬり》の木胴をつける。

神殿を守護する兵士たちが、ヒミコの乗る小さな輿《こし》を用意している。

右手に銅剣を持つヒミコの後に、六人の小銅鐸を抱えた祝女たちが続く。

もう戦は、殺し合いは始まっているのか……。

案の定、ヒミコの一行が戦場に着いたころには殺し合いの場が茫漠として見えた。最初、意識の中で波のように揺らいでいた戦場の光景が、観測を研ぎ澄ませることによって現実的で鮮明なものになってきた。

両軍から怒声や喚声が沸き、すでに負傷し倒れている兵士も、おちこちに見られる。

手前の味方の陣地には邪馬台国の旗と魏国の黄幢がひるがえっているが、ウカタもナシメの姿も見いだせなかった。

男姿の六人の祝女たちの鳴らす黄金色の銅鐸の音が、喧噪《けんそう》に満ちている戦場に突如ひびきわたる。

「カ〜ン、キ〜ン！」

ヒミコの胸に下げる神鏡が、四方に光を乱反射する。

「カ〜ン、キ〜ン!!」

ヒミコは右手にきらめく銅剣を振りかざし、野獣の哮《たけ》る声に似た叫び声を放ち、しなやかな脚を跳ねあげて突進する。

「戦をやめよ！　殺し合いをやめよ!!」

雄叫《おたけ》びをあげ、武器をふるって戦っている兵士たちの脳裏を、ヒミコの発する霊波のこもる神語がつらぬく。

ヒミコは全身から強烈な生体電気を秘めた真気を放った。すると、戦場の空間全体が収縮し鮮明な光景になった。

ヒミコは神秘的な赤味を帯びる東の空の一角に向かって、

「日輪の大神よ。この怒り狂う者たちの心を鎮めたまえ」

と、祈りを深め、意識を先鋭にする。

この時、ひゅーっと羽音を立てる敵兵の放つ矢が、幾本もヒミコの耳のそばを飛び去る。

ヒミコの背後につづくは祝女の一人が矢を受けて、あっとなって仰け反る。

だが、ヒミコが動じることはない。

（このわれは日輪の大神より遣わされた神女なのだ。敵の矢なぞに当たるわけはない！）

ヒミコの胸にかかげた神鏡から、一段と強い光線がきらッきらりと四方に放射する。

「ええしやこしや。戦をやめよ！　殺し合いをやめよ!!」

ヒミコは神がかった肉身をくねらせ、絶叫し、身体中の真気をふたたびどっと放つ。と、瞬間、戦場の一部が緑がかった大気に染まったように見えた。

両軍の兵士たちは不意に登場してきたヒミコに狼狽し、その姿に視線を奪われている。

天地のあいだに突如あらわれ、神威ある光線を発射させる女神のように思えたのであろう。兵士たちが漏らす驚きとも叫びともつかぬ、おわあッとかああッとかいう悲鳴が、枯草の荒れ野の上を流れていく。

ヒミコにつき従う銅鐸を打ち鳴らす六人の祝女が、兵士たちの開ける道をゆるやかに進んで行く。

「カ〜ン、キ〜ン!!」

銅鐸の音が鳴り響き、ヒミコの胸の神鏡から神の光線が四方八方に乱反射する。

「カ~ン、キ~ン!!」

その光線を受けた兵士のある者は、あっと叫び武器を投げ出してうずくまり、またある者はおびえた表情になり、救いを求めるかのようにヒミコに向かって両手を差し伸べる。

ヒミコが強烈な叫びと共に強い神力を発動すると、それはまわりにいる兵士や戈や銅剣などをぶるッと振動させ、それはまたつぎからつぎへと波のように連鎖していく。

やがて、ヒミコの発する神力に押されでもしたかのごとく兵士たちが後ろに退き始め、両軍のあいだに三十歩ほどの距離が開いた。

その空間にヒミコがぽつんと一人だけ立っている。

と、神の恩寵のように赤い薄霧のようなものが戦場全体をさあっと覆い、それから一瞬の静寂が訪れた。

祝女たちが声をあげて神歌を唱える。

日輪の神女
緋の鎧《よろい》　召しまして
光の矢　捧げ持ち
大神のチ（神霊）　天降《あも》りさせ
神軍《いくさ》　押し立てて
神軍　鳴り響《とよ》まして
敵する者あらば　襲わ

すると、兵士たちがそれぞれ手に持つ武器を地に置き、従順な素振りを見せだした。
（しえや！　そうぞ。それでよい。殺し合いをやめるのじゃ！）
ヒミコは安堵し、思わず喜悦の声をあげる。

と、この時、ヒミコの守護鳥である純白のオオワシが飛来し、ヒミコの頭をかすめるようにして反転し、ふたたび悠然と東の空へと舞いあがって行く。

兵士のだれもが、その神鳥の姿を呆然となって眼で追う。

兵士たちの顔から殺伐としたものが消え、穏やかなものに変わった。彼らには殺し合う気はもう無いようで、戦場に平和が訪れようとしていた。

ヒミコの胸に甘酸っぱい充実感がひろがる。

その時だった……。

突如、ヒミコは胸に衝撃を受けて、つんのめるようにして前に倒れた。いずこから飛んできた一本の矢が、その胸に突き刺さっていた。

ウカタが血相を変えて走り寄って来るのを、ヒミコは眼の端でとらえる。

突如、耳をつんざくような轟音が大空いっぱいに轟《とどろ》きわたり、巨大な火球が炸《さく》裂《れっ》したかのような凄まじいばかりの青白い閃光が、兵士たちの頭上を覆った。

「おわーッあ!!」

戦場の兵士たちから戦慄《せんりつ》の叫びが挙がり、日輪の大神の栄光にうたれて一斉にひれ伏す。

それは、あたかも神々が厳しい罰を与えるかのごとき様であった……。

……重症を負ったヒミコは、ウカタと数人の兵士たちの手によって神殿に運ばれて行ったが、その途中、本魂はヒミコの肉身を放棄し二度と戻ろうとはしなかった。

ヒミコは最期の言葉として、

「われの用済みとなった亡骸《なきがら》は河原に打ち捨て、鳥や獣の餌とせよ……」

と、こう呟いたというが定かではない。


この時代の内容を記録する大陸の魏国の歴史書、『魏志倭人伝』には、このように記されている。

「……ヒミコ（卑弥呼）、以《もっ》て死す。大なる墓をつくる。直径で百間あまり、殉死した者、奴婢《ぬひ》百余人。

更に男子を王とするも国中服従せず、さらに互いに誅殺《ちゅうさつ》し、当時千余人を殺しあう。

それで、ヒミコ（卑弥呼）の一族から壱與《いよ》（台与）という女人を王にした。歳は十三歳であったが、国中はこれに服従し、戦は治まった……」

【著者紹介】

篠﨑　紘一（しのざき　こういち）

1942年2月17日生まれ
新潟県長岡市在住　早稲田大学文学部卒
日本ペンクラブ、日本文藝家協会会員
ＩＴ関連企業の社長を経て、現代的な解釈で、斬新な古代ロマン小説を発表しつづけている。

主な著作（小説）
『日輪の神女』第一回古代ロマン文学大賞受賞作（郁朋社）
『持衰』（郁朋社）
『悪行の聖者　聖徳太子』（新人物往来社、文庫は角川書店）
『続悪行の聖者　聖徳太子』（新人物往来社、文庫は角川書店の「阿修羅」）
『虚空の双龍』上、下巻（新人物往来社）
『万葉集をつくった男　大伴家持伝』（角川書店）
『輪廻の詩人　柿本人麻呂・西行・松尾芭蕉と千年転生』（郁朋社）
『菩薩と呼ばれた男　行基本伝』（東京図書出版）
『道元禅師のワンダーランド』（てらいんく）
Youtube 動画「道元禅師のワンダーランド」
『活人剣』（アマゾン）

天神《てんじん》になった卑弥呼《ヒミコ》　邪馬台国《やまたいこく》の女王《じよおう》

2024年1月28日　第1刷発行

著　者 ── 篠﨑《しのざき》　紘一《こういち》

発行者 ── 佐藤　聡

発行所 ── 株式会社 郁朋社《いくほうしや》

〒101-0061　東京都千代田区神田三崎町 2-20-4
電　話　03（3234）8923（代表）
ＦＡＸ　03（3234）3948
振　替　00160-5-100328

印刷・製本 ── 日本ハイコム株式会社

落丁、乱丁本はお取り替え致します。

郁朋社ホームページアドレス　http://www.ikuhousha.com
この本に関するご意見・ご感想をメールでお寄せいただく際は、
comment@ikuhousha.com までお願い致します。

 ISBN978-4-87302-806-4 C0093